エリス、精霊に祝福された錬金術師
チート級アイテムでお店経営も冒険も順調です！
虎戸リア
ill.れんた

レオン
ジオの旧友
美男子
エリス
精霊召喚師
錬金術師見習い

メラルダ
高名な魔術師
異名は「魔女」
ラギオ
最強の剣士
ギルドのリーダー
ジオ
錬金術師
エリスの師匠
ウル
ガイド専門の
冒険者

「あはは、みんな久しぶり！
あ、ちょっと、
くすぐったいって！」

久々に喚ばれて嬉しいのか、
モフモフな精霊達が
私にじゃれついてくる。
「まさか……本当なのか」

Contents

エリス、精霊に祝福された錬金術師

チート級アイテムでお店経営も冒険も順調です！

虎戸リア　ill. れんた

プロローグ　冒険者になれない少女

Sランク冒険者ギルド【赤き翼】の拠点。

そこは拠点というより、酒場と形容する方が相応しい場所だった。木製のテーブルやカウンターが設置されていて、見たことのない酒瓶がそこかしこに並べられている。

今は昼間なので、人はいないけど、きっと夜は騒がしいに違いない。

そんな場所で、私は酒の匂いの染み付いた木製の椅子に座り、緊張しながら前に座る二人の人物を観察した。

「君が、エリス・メギストスだね」

なんだか強そうなオーラを放っている銀髪の男の人――このギルドのリーダーであり、帝都でも五本指に入る剣士、ラギオさん――がそう聞いてきたので、私は元気よくそれに答えた。

「はい！　十六歳で成人済みです！　冒険者に憧れてトート村から来ました！」

その言葉にラギオさんの隣に座る、妙に色気があり、ドレスの胸元から谷間を覗かせている紫髪の美女が苦々しい表情を浮かべた。彼女はおそらくこのギルドのナンバーツーである、〝魔女〟という異名を持つメラルダさんに違いない。

流石、冒険者ギルドの中でも最も高位であるSランクギルド。微かにだが、甘い香りが漂ってくる。

ただの採用面接に、トップの二人が出てくるのは予想外だった。

「トート村？　聞いたことないわね」

「えっと、東のラステラ山脈を越えた向こう側です」

この大陸の中央にある、帝都アルビオの東に位置する山脈の向こう側は、世間一般では辺境と呼ばれている。

そんな田舎のことを都会の人が知らなくても仕方ないと思いつつも、少しだけ悲しくなる。

「そう。貴女(あなた)もなのね……。如何(いか)にもって感じ。その服装も」

ため息をつきながら、メラルダさんが困ったような顔で私の全身を見つめた。

今、私が着ている服は、村に時々来る行商人から奮発して買った旅人用の服で、オシャレさよりも頑丈さや実用性を重視した作りになっている。

最先端のオシャレや服飾技術があるこの帝都では、少々浮いて見えるのかもしれない。

「冒険者のこと、何も分かっていない子を入れるのは反対よ」

そう言って、メラルダさんが横のラギオさんへと視線を送った。

「え？　待ってください！　それはどういう意味ですか？　冒険者のこと、ちゃんと分かってますよ！」

私は慌ててそう弁明する。

そう。私がわざわざ山を越えて、この帝都にやって来た理由はただ一つ。

それは冒険者になる為だ。

冒険者――なんて魅力溢れる言葉だろうか！　まだ見ぬ遺跡やダンジョンに潜り、魔物や強大な敵と命を賭けた戦いを行い、困っている人々の為に様々な依頼をこなす。そんな冒険者の話を私は幼い頃から、元冒険者だった父によく聞かされていた。

冒険者は基本的に皆、ギルドという共同体を作り、そこに所属して仲間と共に困難や依頼に挑むそうだ。メンバー同士で芽生える友情、そして愛……。

父と、今は亡き母のなれ初めもそれだったと一度だけ酔った父から聞いたことがある。

それぐらいに私は冒険者に憧れ、帝都にやってきたのに、冒険者のことを何も分かっていないと言われたのは不服だった。

しかしラギオさんは、私の抗議に答えず、質疑応答を続けた。

「この書類には精霊召喚が得意と書いてあるが、どの属性を喚べる？　中位精霊は喚び出せるか？　どの程度制御できる？」

その質問に私はドキリとする。聞かれるのは分かっていたけど、いざ聞かれると動揺してしまう。だけども正直に答えるしかない。

「え、えっと。下位精霊だけ……です」

この世界には、剣士や魔術師といった様々な職業があるけど、私はその中でも、精霊を召喚し使役するという特殊な職業――精霊召喚師だった。

更に精霊召喚師にも段階があり、当然、上位の精霊を召喚できる精霊召喚師ほど、位が高くなる。だけども私は……答えた通り、下位精霊しか召喚できない。

「ほら。やっぱり、冒険者について何も分かっていない」

メラルダさんが、それ見たことかとばかりに目を細めた。

「あ、いやでも！　下位しか喚べない代わりに全ての属――」

「話にならないわ。ラギオ、もういいでしょ。お互い、時間の無駄だわ」

メラルダさんが私の言葉を遮り、立ち上がった。

「後学の為に教えてあげるわ、エリス。いい？　下位の精霊なんて、戦闘では何の役にも立ちはしないわ。あのね、冒険者ってのは、田舎の小娘が夢見るようなそんな甘っちょろい世界じゃないの。生死が掛かっている場所で無能は要らない。貴女は冒険者に向いてないから、違う仕事を探すことをお勧めするわ」

メラルダさんがそう吐き捨てるとそのまま奥へと去っていった。

「ま、待ってください！　私は決して冒険者を舐めていません！　これでも私、村でも一番強――」

メラルダさんに釣られて私も立ち上がり、弁明しようとするも、ラギオさんが静かに首を横に振った。

「……すまないが面接はこれで終了とする。離席したメラルダの非礼は、俺が代わりに詫びよう」

そのままラギオさんが深く頭を下げるので、私は慌ててそれを止めようとする。

「あ、いえ、それはいいんですけど！」

「だが――彼女の言ったことはあながち間違いでもない。帝都の冒険者は地方の者達と比べ、難易度の高い依頼をこなすことが多いんだ。下位の精霊しか召喚できない者に与えられる仕事は……正直に言えば、ない。これはうちのギルドだからというわけではなく、たとえ採取専門のギルドでもそうだ。君のことを思って言うが……冒険者になることを考え直した方がいい。他に仕事はいくらでもある」

　その言葉に対し、私は頭を下げるしかなかった。

　ここでいくら冒険者になりたいかを喚いてもきっと無駄だろう。

「はい……ありがとう……ございました」

　私はうなだれたまま、【赤き翼】の拠点を出た。

　トート村ではあんなに高く青かった空が、この雨の多い帝都ではやけに低く見える。

「分かってはいたけど……はあ」

　私はトボトボと帝都の複雑に入り組んだ路地裏を歩きながら、指先に魔力を込めて小さな魔法陣を描いた。

「きゅー！」

　そこから鳴き声と共に出てきたのは、フワフワの青い羽毛に覆われたヒヨコに似た精霊――〝風の精霊、クイナ〟だ。手のひらほどの大きさのそのフワフワは、いつものように私の肩へと乗った。

「きゅーきゅー？」

「うん、ダメだったよ。もう、村長の嘘つき！　何が、〝お前ならどこでも引く手数多だ〟、よ！　これで採用断られたのは十回目だよ！」

　そう。実は、こんなことになるのはこれが初めてではない。

帝都に来てから一ヵ月。どのギルドに行っても、私は門前払いされた。

皆、口を揃えてこう言うのだ――〝下位精霊しか喚べない者はうちでは使えない〟、と。

「きゅう……」

私は悲しそうにするクイナのフワフワの頭を優しく撫でると、そのまま地面を蹴った。

風が身体に纏わり付き、浮遊感が私を包む。

私の身体は風と共にふわりと飛翔し、路地の横にある建物の屋根へと着地した。

「やっぱり飛ぶと、気持ちいい」

屋根の上に立つと、帝都の巨大さが良く分かる。

どこまでも続く建物とその屋根を見ていると眩暈がしそうだ。

中央には、皇帝が住むという巨大な塔がそびえている。

更に見えないだけで、この街の地下には、未だ踏破者が現れていない広大なダンジョン――迷宮が広がっているという。だからこそ、冒険者達はこの街に集うのだ。あるいは、名声を。あるいは、富を。あるいは、憧れを――それぞれ求めて皆、この帝都へとやってくる。

「でも下位精霊しか召喚できない私に冒険者は難しいのかも……」

「きゅうきゅうきゅわ！」

クイナが私の目の前でパタパタと一生懸命小さな翼をはためかせながら、何かを訴えてくる。

「え？　精霊を喚びつつ、その力をこんなふうに使いこなせる人間は殆どいないって？　まさか～。私でもできるんだから、こんな大きな街だったらそんな精霊召喚師、いくらでもいるよ」

精霊を喚び出し、その力を借りて身体能力を高めたり、武器を強化したりするのは私にとっては当たり前の技術だ。

魔物の討伐なら村では誰にも負けないぐらいの実力はあったから、冒険者になる自信もあった。

「でもきっとそんなのは、この帝都ではできて当然なんだよ。みんな中位や上位の精霊でもっと凄いことができるはず」

私のちっぽけな自信はここに来て見事に打ち砕かれた。実戦であれば自信はあるのに、帝都の冒険者ギルドはどこも人気で、まずは採用面接で人柄や能力を見られることが多かった。

「はあ……仕方ないよね」

私はため息をつくと、屋根の上から路地へと降りた。

子供みたいに拗ねて屋根に登ったところで何も解決しないのは分かっていた。

「きゅう」

クイナが心配そうに私の顔を覗き込んでくる。

「顔色が悪いから、少し休んだ方がいいって？　ああ、そういえば……ここ最近ちゃんとご飯、食べてないなあ」

もう財布の中はすっからかんだ。村と比べ、この街は物価が高すぎる。

「とりあえずお金を貯めるために、他の仕事をするしかないか」

村に帰るつもりはないし、冒険者になることも諦めるつもりはない。

なぜなら、私にはやるべきことがあるからだ。

突然、私を置いて出ていった唯一の肉親である父。父はこの帝都の、あるいは迷宮（メイズ）のどこかにいるはずなのだ。だから父を見付けるまで……私は帰るわけにはいかない。

何より、父のいない家なんて、帰りたい場所ではなかった。

「とりあえず斡旋（あっせん）所に行って、できる仕事がないか探してみよう。できれば賄（まかな）いつきのところで……」

と言っている途中で、グーとお腹（なか）が鳴って、私は赤面する。ううう、お腹空（す）いたなあ……。

とりあえず、安売りしているパンでも買おうかしらと路地を足早に進んでいると、とあるものを見付けて、私は思わず立ち止まってしまう。

「人が倒れてる」

こんな昼間に、路地の真ん中で堂々と寝ている人がいた。見たところ男性で、だらしなく伸びた赤髪と無精髭（ぶしょうひげ）が特徴的だ。着ている服はそれなりに質が良さそうなので、どこかの貴族の息子か、あるいは商人辺りだろうか？　もしかしたら、休日中の冒険者かもしれない。

傍（かたわ）らには酒瓶が転がっており、こんな路地で寝ているのを見る限り、ろくでもない人物であることは間違いない。

「きゅう……」

クイナが呆（あき）れたような声を出す。

「ただの酔っ払いだからほっとけばいいって？　でも……」

もし万が一、何かの病気だったり怪我（けが）だったりすれば大変だ。

「あの、大丈夫ですか？　こんなところで寝てたら風邪引きますよ」

私が寝ている彼へとそう声を掛けた。

しかし全く起きる気配がない。同じように何度か試すも、無反応だった。

見たところ怪我をしている様子はないし、ただ酔(よ)い潰(つぶ)れているだけなのだろうけど、ここまできたら放っておくわけにもいかなかった。

「もー。こうなったら――」

私は指で魔法陣を描き、【水の精霊、ディーネ】を召喚。ディーネは手のひらサイズの人魚のような見た目で、クスクスと笑いながら私の周囲を泳ぎはじめた。

その軌跡に水が出現し、それは小さな水球となってフワフワと浮いている。

それらの水球が一つに集まると、私の顔ぐらいの大きさの水球ができ上がった。

「てい」

そんな掛け声と同時に右手を下ろし、私はその水球を彼の顔へと落とした。

バシャリ。

そんな音と共に――

「マリア!?」

彼がまるでバネ仕掛けの人形みたいに上半身だけを起こし、叫んだ。

私は思わず小さく飛び上がり、尻餅(しりもち)をついてしまう。

「ななな、なんですか？」

驚きながらそんな声を出した私を、赤髪から水を滴らせる彼がジッと見つめてきた。

それから数秒して、彼は濡れている自身に気が付く。

しばらくそうやってお互いを見つめていると、彼の方から目を逸らし、赤髪をガシガシと掻いた。

「ちっ……嫌な夢を見た」

「えっと、大丈夫ですか？」

私がそう言うも、彼は答えずにフラフラしながら立ち上がった。

「くそ……また飲み過ぎた。ああ、頭痛え。悪いな、世話かけたようだ。俺はジオ、あんたは？」

そう言って、その男の人——ジオさんが私へとばつの悪そうな表情を浮かべる。

「私はエリスです。ダメですよ、こんなところで寝てたら」

「エリスか。それは本当にその通りだな……ああ、昨日の夜の記憶がねえな」

彼がそう言ってこめかみを揉んだ。

どうやら話を聞く限り、昨晩飲み過ぎてここで寝てしまったらしい。

「その様子だともう大丈夫そうですね。じゃあ私はこれで」

助けて損したなあ、もう。

私が会話を切り上げて、足早にそこを立ち去ろうとすると——

「ちょっと待て。まさかあんた、精霊召喚師か？」

私の手がガシッと摑まれた。

「な、なんですか？」

振り返った私は、ジオさんが思った以上に近くにいて、思わず赤面してしまう。近い、顔が近い！

でもそのおかげで私は気付いた。彼は結構年上で、でもかなり顔が整っていて、何よりその黒い瞳が黒曜石みたいでとても綺麗だった。

村にはいないタイプの男性で、どこか父と似た雰囲気を纏っている。

不覚にも、少しだけドキドキしてしまった。

「その二体の精霊、あんたが喚び出したのか？」

しかし、そんな私の気持ちをよそに、ジオさんが真剣な表情でそう聞いてきた。

「そ、そうですけど？」

「風と水、二属性同時にか？」

「へ？　はあ。まあ」

私が何とも間の抜けた返事をするも、ジオさんは気にせず質問を続けた。そういえば何も言っていないのに、なんでクイナとディーネがそれぞれ風と水の精霊だって気付いたんだろう？

「どの程度の精霊を喚び出せる？　中位は？」

なんだか急に採用面接みたいになってきた。

「下位しか喚べませんけど」

ちょっとだけムッとして答えた。なんで初対面の人にそんなにアレコレ聞かれなきゃいけないんだ。どうせ、また馬鹿にするんでしょ？

でも私の予想に反して、ジオさんは真剣な表情を崩さない。

「ふむ。それで得意な属性は？　精霊召喚師はほとんどの者が一属性、多くても二属性の精霊までしか喚び出せない。あんたも二属性までか？」

ん？　何の話だろ、それ。

「得意な属性は……特にないですけど」

「はあ？」

得意な属性とか言われても困る。

それはこれまでに、一度だって考えたことのない概念だったからだ。

「だって――私、全属性喚べますから。特にこれというのはありません。強いていえば、移動に便利なこのクイナをよく喚び出しますが」

「全……属性？　しかも精霊を移動に使う……？　はあ？」

私の言葉を聞いて、ジオさんが信じられないとばかりに目を見開き、口をあんぐりと開けていた。

その顔がなんだかおかしくて、私は思わず笑ってしまう。

「ふふふ、ジオさんは変な人ですね。そんなの別に帝都では凄いことではないでしょ？」

「信じられん……冗談だろ？　そんなことできるわけがない。嘘に決まっている」

「むっ。嘘じゃないですよ！　ほら――！」

私は両手の指で、多重に重なった魔法陣を宙に描いていく。

最近はあまりやってないけど、ここまで言われて引き下がったら精霊召喚師の名がすたる！

路地が、魔法陣から発せられた光で赤く染まる。

次の瞬間――何十体と召喚された精霊達が路地へと溢れ出た。

「あ、ありえん……同時にこれだけの数を喚び出せるなんて……どんな魔力量なんだ」

ジオさんが驚きのあまり、さっきの私みたいに腰を抜かして尻餅をついていた。

「あはは、みんな久しぶり！　あ、ちょっと、くすぐったいって！」

久々に喚ばれて嬉しいのか、モフモフな精霊達が私にじゃれついてくる。

「まさか……本当なのか」

「これ見ても信じられません？　こら、グリム！　ほっぺた舐めないの！」

子犬のような姿の精霊、グリムを宥めるように私はその小さな頭を撫でた。

そんな私を見て、ジオさんが立ち上がった
「いや……信じるよ、ここまでされたらな。エリス、今仕事は何をしている？」

「えっと……実は冒険者になりたくて帝都に来たのですけど、採用面接どこも落ちてしまって」

つまり無職です！　うーん……改めて口にすると恥ずかしい。

「冒険者？　やめとけやめとけ。あんなもん寿命を縮めるだけだ。それだったらエリス――提案があるんだが」

そう言ってジオさんが私の目をまっすぐに見つめた。

それは――この帝都に来て初めて見た、期待の眼差しだった。

「提案……ですか？」

「ああ。エリス、もし他に仕事がないのなら……俺の工房で働かないか？」

「はい？　工房？　なんのです？」

私がそう聞くと　ジオさんはにやりと笑って、こう言ったのだった。

「——錬金術の工房さ。その精霊召喚の技術、俺が活かしてやる」

第一話　錬金術師の弟子

ジオさんの錬金工房――文字通り、錬金術師が営む工房――は細い路地裏の先にあった。

確かすぐ近くに、冒険者向けの武器や道具を扱う商店や、宿屋、酒場が軒を連ねる〝冒険者通り〟があったはずだ。

錬金術師と言えば、冒険者向けの道具や素材を扱っているイメージなので、立地的には納得のいく場所だった。

そう、立地だけは。

「ここですか？」

「きゅう……」

私は目の前の建物を見て、思わずそう聞いてしまう。クイナも呆れたような声を出していた。

ちなみにさっき喚び出した精霊達は既に帰還させている。

流石にあれだけの精霊を連れ歩くと目立つからね。

「こら、嫌そうな顔をすんな」

「だってー」

目の前の古ぼけた建物……もとい錬金工房には看板すらなく、もうずっと放置されていたのが分かるほど、埃と蔦とクモの巣で覆われていた。

表の窓から中を覗けば、それらしき器具が奥に見えるので、それでようやく工房だと分かる。

「私、錬金術にはあんまり詳しくないですし、錬金工房が何をする場所なのかも、いまいちピンときていないのですけど、こんな感じで商売をやれているんですか」

どう見ても、開店している様子はない。そもそもこの工房の主であろう、ジオさんが朝から飲んだくれている時点で、もうダメダメなのが伝わってくる。

「商売ね……そりゃあ、やれてた……よ」

ジオさんが力無くそう言って、うなだれた。

「やれて〝た〟？　なんで過去形なんですか？」

〝俺がお前を活かしてやるぜ〟みたいなカッコいいこと言っていたわりにこの人、なんだかダメそうなんですけど？

「これまではちと理由があって、ずっと閉めていたんだよ」

ジオさんが鍵をポケットから取り出し、扉を開いた。

「……なんか埃っぽいですね」

工房の中に風が吹き込み、中に溜まっていた埃が舞い上がる。

「なんせ数年ぶりに来たからな。埃も溜まるだろうさ」

「ええ……もう。クイナ、お願いね」

「きゅー！」

ジオさんが気にせず中へと入って行くので、私はクイナの力で顔の周りに風を吹かせ、埃が目や口に入らないようにする。

中に入ると、そこは意外と綺麗に整頓されていた。

入り口から入ってすぐにカウンターがあり、端には事務机。カウンターの奥に作業場が見え、錬金用と思われる蒸留器や釜、よく分からない液体の入ったフラスコが並ぶ棚が設置されていた。

古びたレジスターがカウンターの上に置いてあるところを見ると、ここで何かしらの売買を行っていたのが分かる。

錬金術師が売る物といえば、やはりポーションだろう。多少の傷ならかけるだけで治るという冒険者必須の道具だ。きっと、ここでジオさんもポーションを売っていたに違いない。

そうやって私がキョロキョロしているうちに、カウンターの中に入ったジオさんが、胸ポケットから最近帝都で流行っているという紙煙草を取り出した。

もう片方の手には小さな金属製の箱が握られていて、それを使って火を付け、紫煙を吐いた。

「……ふう。やっぱりここに来ると……ちょっとキツいな」

ゆらゆらと天井へ昇っていく煙を見ながら呟いたジオさんの言葉と表情には、重苦しい何かが含まれている気がした。

それを見て、私はなぜか——弔い、という言葉が頭に浮かんだ。彼が纏う、どこか憂いを帯びているような雰囲気が余計にそう思わせた。

この工房を閉めていたことと何か関係があるのだろうか？

だけども、流石に会ったばかりでそこまでは聞けない。だから代わりに私は別の質問をした。

「ジオさん。なぜ私をこの錬金工房で雇おうとしているのかが、分からないのですけど……」

それが、私の素直な気持ちだった。私は精霊召喚師であり、錬金術については何も知らない。それにジオさんからすれば、私はさっき出会ったばかりのただの田舎の小娘だ。

だからいきなり雇うと言われても、〝ハイ、そうですか、ありがとうございます〟、とは言えなかった。それに私は冒険者になりたいのであって、錬金術師になりたいわけではない。

「そろそろここを再開させようと、ずっと考えていた。だけどもきっかけが無くてな。だからずるずると酒飲んで、くだを巻く日々を過ごしていたんだよ。だけどな——エリスを見た時に、こう、ピーンときた」

ジオさんが私の方へと、その黒い綺麗な瞳(ひとみ)を向けた。その顔には、柔らかい笑みが浮かんでいる。

「エリスとなら、何か面白(おもしろ)いことができそうだってな。だから雇うし、その給料を稼ぐ為(ため)にも工房を再開する。何もおかしいことじゃない。それに貯金も尽きてきたしな」

「……でも私、錬金術について何も知りませんよ」

「誰(だれ)だって最初はそうさ。何、俺が教えてやるよ。こう見えて、結構腕は良いんだぜ?」

ジオさんがにやりと笑うが、どうにも信用できない……。

ただの飲んだくれじゃないの?——と思いつつも、本気でそう思っていたらここまでついてこなかった。だからきっと私の心のどこかで、彼のことを信用していたのかもしれない。

それは、彼がどこか父に似ているせいな気がした。顔も髪色もまるで違うけど、なぜかそう感じるのだ。

彼を信じる根拠なんてない。でも、私はそういう直感を信じるタイプなのだ。

「エリス、どうせ住むところもないんだろ？」

「今は宿を転々としてます」

一応女なので、安宿とはいえ個室を用意してもらっている。そのせいか、かなりお金が掛かってしまっていて、私のお財布事情が心許ないのは、この宿代が主な原因だ。

「なら、ここに住むといい。二階が住居になっている。家具もそのまま使えると思うぞ」

「……いいんですか？」

住む場所付きは正直かなりありがたい！　いや、でもそうなると……ジオさんと一緒に住むことになるのかな？　流石に今日知り合ったばかりの人と暮らすのは抵抗がある。

「ただし、店の掃除やら整頓やらも仕事に入るからな。勿論、俺がいる時は俺もやるが」

「俺もいる時……あれ、ジオさんはここに住んでいるわけではないのですか？」

「このすぐ近くに部屋がある。流石にむさいオッサンと同じ屋根の下は嫌だろ？」

とジオさんは言うけども、オッサンというほどの年には見えない。どうだろう、無精髭のせいで老けて見えるけど、実際は二十代半ばぐらいだろうか。

「とりあえず、給料はまた後で決めるとして……食事と住居は提供しよう。更に錬金術も教える。言っとくが、錬金術師はこの帝都ではかなり需要のある職業なんだぞ？　まあ地味だが……。つまりエリスはいわゆる住み込みの弟子になるみたいなものだな。悪くない条件だと思うが」

ジオさんが煙草を吸いながら、私を見つめた。

その視線には、断るわけがないという謎（なぞ）の自信に満ち溢（あふ）れていた。

確かに条件は悪くない。悪くないけど……やっぱり私は冒険者になることを諦（あきら）められない。

「……私は冒険者になりたいんです」

だから、伝えることにした。きっと、ジオさんなら分かってくれる。なぜかそんな気がした。

「ふむ。ではなぜ冒険者なんだ？」

「それは……迷宮（メイズ）に入りたいからです。もちろん、冒険者という職業にも憧（あこが）れはありますけど」

迷宮（メイズ）――それは帝都の地下に広がる広大なダンジョンの名称であり、いまだその最下層まで辿（たど）り着いた者はいないという。迷宮（メイズ）の中には、そこでしか手に入らない貴重な動植物や資源があり、それによってこの国と帝都は大きく発展を遂げた。

だからこそ、迷宮（メイズ）への出入りは厳しく制限されており、国から認められた冒険者ギルドに所属し、かつ冒険者認定を受けていないと、中に入ることすら叶（かな）わない。

「迷宮に何の用事がある。あんな場所に好き好んで行くのは自殺志願者ぐらいだぞ」

「それは……冒険者だった父を探す為です」

「エリスの父も冒険者だったのか」

ジオさんがどこか遠くを見つめ、ポリポリと頭を掻（か）いた。

「――はい。父は手紙一つ残して、突然失踪したんです。その手紙にはこう書かれていました。

迷宮（メイズ）には【精霊界】へ続く扉があるから探しに行く。それがあれば、母が帰ってこられる、と。それが、丁度五年前です。それ以来、村には帰ってきていませんし、連絡もありません」

【精霊界】とは、精霊達が住まう、この世界とは少しズレた場所にある世界のことで、喚び出された精霊の本体ともいうべきものは常に精霊界にいる。

そしてその分霊を一時的にこの世界に喚び出し使役するのが精霊召喚師だ。

だから私の肩の上にいるクイナも、その本体は精霊界にいる。

そもそも、私に精霊召喚の技術を教えてくれたのは父だった。

だけども、おぼろげな記憶で、母が精霊と戯れていた姿をなぜか覚えている。

父は母の死後、母についてあまり話そうとはしなかったので分からないけども、母もまた、精霊召喚師だったのかもしれない。

「そうか……エリスの父はあの噂を信じたクチか。迷宮内に、【精霊界】へと繋がる扉があるという、あの噂を」

どうやらジオさんもその噂を知っているようだった。

「でも、その噂が真実かどうかは分かりません。精霊達に聞いても、分からないとしか言いませんでした」

「精霊に聞いて……ね。ま、確かにいまだに噂されているよ。それが真実かどうかは……何とも言えないな。だがそう思わせるものを、あの迷宮が持っているのは事実だ。あれは間違いなく、どこか異界へと繋がっている気がする」

ジオさんの言葉に、私は頷いた。

「もう父は死んでいるかもしれません。それでも……父を探したいんです。幼い頃に母を亡くしたので、もう家族は父しかいません。おそらく冒険者として迷宮に潜っているので、探すなら冒険者になるのが一番早いと思いました。だから――私は冒険者になりたいんです」

「なるほど。エリスが迷宮に入りたい理由も理解できた。だから、冒険者になりたいというエリスの気持ちを否定する気はないし、無理に錬金術師にする気はないよ。ただな、エリス。迷宮に入りたいなら――冒険者になる以外の方法もあるぜ」

　ジオさんの言葉に、私は驚く。

「へ？　そうなんですか？」

　それは知らなかった。てっきり冒険者以外は無理だと思っていた。

　するとジオさんがカウンターに膝をついて、私へと悪戯っぽい笑みを浮かべてくる。

「ま、あまり有名な方法ではないし、ある意味冒険者になるより難しいからな」

「お、教えてください！」

　私が慌ててそう聞くと、ジオさんが掛かったとばかりにニヤリと笑った。

「昔、とある職業の者達がな、冒険者と国だけで迷宮を独占するのは良くないと抗議したことがあったんだよ」

「へー。それは初耳です」

「その結果、例外的にその職業の者達だけは、冒険者でなくても特別に迷宮に入ることが許された。まあなんせ冒険者もこの帝国も、彼らのおかげで今の地位があると言っても過言ではないからな。

無下にできないのさ」

「凄い、それはどんな人達なんです？」

私が早く早くと促すと、ジオさんは勿体ぶって二本目の煙草を吸いはじめた。

「その凄い人達は、迷宮産の素材を自在に使いこなし、組み合わせ、融合し、冒険者達の必需品を作っているのさ。そして彼らにしか作れないので、それらを諸外国に高く売り付けていた帝国もまた、彼らには頭が上がらない」

「それは一体誰なんですか……？」

「それは——錬金術師さ」

……ですよね！　実は薄々そうなんじゃないかって思っていました！　だってジオさん、凄い得意気な顔をしているんだもん。

「あ、あんまり驚いてねえな。まあいい。つまり、冒険者にならずに迷宮に入る方法はただ一つ——錬金術師になることだ。まあ細かく言えば、他にも例外はあるが」

「じゃあ……冒険者になれない私も、錬金術師になれば迷宮に入れるってことですか？」

希望が少し見えてきて、私はカウンターに向かって前のめりになってしまう。

それを見てジオさんが苦笑する。

「錬金術師になれたら、の話だな。言っとくが国家試験を受ける必要もあるし、実務経験も問われるぞ。俺みたいな国家認定の錬金術師の下でどれだけ修行したかを見られるから、錬金術師を目指す者はまず錬金工房の働き口を探すのが定石だ」

「おおー、つまりジオさんの下で働けばいいってことですね！」

「そういうこった。俺は弟子ができて、工房を再開できる。エリスは迷宮に入ることができて、父を探すことができる。双方にメリットがある提案なわけだ」

ジオさんが煙草を消して、右手を差し出した。

「エリス、俺の弟子になれ。そして錬金術師になって、父を探すといい。多分それが一番の近道だ」

ここで私はようやく、ずっとモヤモヤしていた目の前の景色がパアっと開けていくような感覚を覚えた。ああ。私は、きっとここから始まるんだ。

だから私は笑顔で、ジオさんの右手を握った。

「よろしくお願いしますね――師匠」

こうして私は――錬金術師の弟子となったのだった。

＊＊＊

「そうと決まったら、話が早い。とりあえず一通り、この工房の中を案内しよう。作業場はあとでどうせ使うから……まずは二階から案内する」

ジオさん――改め師匠によって私は工房の二階へと案内された。廊下には扉がいくつかあり、それぞれトイレと浴室、寝室、そして倉庫となっているそうだ。

「キッチンは作業場にしかないから、自由に使ってくれ。あるいは冒険者通りまでいけば、いくらでも飯を食うところはある。まあ食事に困ることはないさ」

師匠が案内しながら進んでいく。あれこれ使用の際に気を付けることを聞きながら、最後に入ったのは寝室だった。

「おお！　いい感じじゃないですか！」

埃っぽいのを除けば、その部屋は決して悪くなかった。

温もりを感じる、木製の曲線が目立つ家具。枠だけのベッドや鏡付きの化粧台、クローゼットも全て同じ意匠で揃えられていた。でも不思議なのは、この部屋を師匠が使っていたようには見えない点だ。

家具以外は何も残っていないのに、なぜか一瞬だけ、ふわりと甘い花の香りが漂った気がした。

多分だけど……ここを使っていたのは師匠ではなく、おそらく女性だ。

「掃除して使ってくれ。必要な日用品は適当に買い足すといい。金がないならとりあえず立て替えてやるよ」

「ありがとうございます。でも師匠……いいんですか、ここ使って。誰かが昔、使っていたんじゃないですか？」

「ん？　ああ、構わないよ。エリスが嫌でなければだが。同じ家具を使うのが気持ち悪いなら、全部処分して新しい物を買ってもいい」

「い、いえ！　家具は素敵なので使わせてもらいます。でも、誰が使っていたんですか？」

私がそう聞くも――師匠はすぐに答えない。

それからどれほどの間、沈黙が続いたか分からないけども、先に口を開いたのは師匠だった。

「……俺の師匠だよ」

顔を部屋に向けているせいで師匠の表情は読めないけども、その言葉はどこか重苦しい。

「師匠の……師匠。あ、あの、大事な場所なら私、別のところ使いますよ！　倉庫でもなんでも！」

私は思わずそう言ってしまう。この部屋は……きっと師匠にとって大事な場所なんだ。それが私には分かる。そんな場所を、思い出を私が踏みにじっていいはずがない。

しかし師匠は振り向くと、ふわりと小さな笑みを浮かべた。

「ふっ、気にするな。きっと俺の師匠だって、喜んで使えって言うだろうさ。使える物はなんでも使えってのが師匠の教えだからな。むしろ俺が使うより、エリスみたいな可愛い子が使ってやった方がアイツは喜ぶさ」

師匠のその言葉に嘘はないように見えた。可愛い子って辺りはお世辞だろうけども。

「師匠がいいって言うなら……喜んで使わせてもらいます」

「ああ。好きに使ってくれ。よし、そうと決まったら、あとで買い物に行かないとな」

「は、はい！　よろしくお願いし――」

そう返事をしている最中に……再びお腹がグーと鳴ってしまう。

恥ずかしさで顔が嫌というほど熱くなる。

「なんだ……腹減っているのか」

「あう……すみません。昨日の昼から食べてなくて」

そんな私を見ると、師匠が仕方ないな、とばかりに肩をすくめた。

「なら——まずは飯だな。少し早いが昼飯にしよう。ついでに錬金術の基本を教えようか」

師匠の提案に、私は何度も頷いた。

「お、お願いします！」

「じゃあ、下に下りるぞ。さっきも言ったがキッチンは作業場に併設してある」

そう言って師匠が廊下に出て、階段を下りていく。私もその後に続いて部屋から出ようとした、その時。

「あ、まただ」

ふわりと、甘い花の香りが漂った。

それは誰かが、あるいはこの部屋自身が——私を歓迎しているような、そんな気がした。

「今日から使わせていただきます。よろしくお願いしますね」

それはただ、気分の問題だ。それでも私は部屋へとぺこりと頭を下げた。

「おーい、エリス」

「はーい」

階下から師匠の声が聞こえてきたので返事をして一階へと向かった。

階段を下りると、師匠に続いて入り口から見えていたあの作業場に入る。

なぜか作業場だけは埃一つなく、綺麗に保たれている。

作業場には師匠が言うように小さなキッチンが併設されており、食事用の小さなテーブルと椅子が隅っこに置いてある。

「なんかここだけ綺麗ですね」

「錬金術の作業において、清潔感は重要だからな。ここの空間だけ、清浄魔術が恒常的に掛かるように設計してあるんだよ。だからキッチンも併設しているのさ。さてと、こいつにも魔力を注がないとな」

師匠が、作業場の壁に埋め込まれた謎の装置――その中心にある、手のひらぐらいの大きさの丸い紫色の水晶へと手をかざした。

緑色の微かな光――魔力光、と共に師匠の手から魔力が水晶へと注がれていくのが見えた。すると、水晶が明るく光りはじめる。

「これは、【魔術結晶】といってな、この工房で使う魔導具に魔力を供給する道具なんだ。今魔力を入れたばかりだから一週間は持つだろう。この水晶の光が弱まってきたら、魔力切れを起こしかけている証拠だからマメに点検して魔力を注いでくれ。魔力切れを起こすと何もできなくなるからな」

「へえ……便利な物があるんですね」

魔導具とは、魔力を動力とする道具で、例えば火をおこしたり、水を綺麗にしたりと、様々な用途があり、今の生活にはなくてはならないものだ。

とはいえ、一般市民にまで普及しているのはこの帝都ぐらいで、私の村には魔導具なんて便利なものはなかった。

「さて……飯にするとはいえ材料も限られている」

「……ほんとですね。どうするんですか」

「ちと確認してみよう」

師匠がそう言って、作業場の隅にあった大きな棚を開けた。

開けるとひんやりとした空気が流れてくる。

「これは？」

「これも魔導具だよ。常に中の物に保存魔術を掛けられる棚だな。素材一つ一つに保存魔術を掛けるのは手間だから、ここに入れてまとめて掛けておくのさ。こいつにだけは馬鹿みたいに魔力を込めておいたから、数年放置してても動いているんだよ。確か……まだアレがあったはず」

師匠がガサゴソと、そのひんやり棚?を物色する。いや、いくらなんでも保存魔術を掛けたとはいえ数年放置した素材、しかもおそらく錬金用の素材でご飯を作るのは無理なのでは？

そう思っているうちに師匠が棚から取り出したのは、どう見ても――芋と人参、それに玉葱だった。

「普通の食材だ！」

「だと思うだろ？」

師匠がキッチンにあったまな板と包丁を水洗いし、それらの野菜を切った。

「あれ」

それぞれの断面を見て、私は驚く。

芋は青色、人参はカラフルな虹色、玉葱にいたっては真っ黒だ。

「これ……傷んでるんじゃ」

「いや、採れたてでもこの色なんだよ。表皮の色は普通の野菜と同じなんだけどな」

「なんなんですか……これ」

私が嫌そうな顔でその野菜モドキ達を見つめた。どれもこれも、あまり食欲がわかない色だ。

「これはな、迷宮で採れた野菜だよ。大昔に冒険者が迷宮内で自給自足できるように持ち込んだ結果、野生化したという説もあるが……実際のところはどうなのかわからん」

「へえ……迷宮内でも野菜が採れるんですね」

「ところが、見た目は同じだが中身がこんなことになってしまっているだろ？　当然、そのまま食べた奴は……酷い腹痛と吐き気に襲われることになる」

いくらお腹が空いていても、そんな野菜は食べたくないなあ……。なんて思っていると、私の心を読んだのか師匠が意地悪そうに笑った。

「ところがどっこい、こいつらはある一手間を加えることで立派な食材に早変わりする」

「ある一手間？」

「そう――〝抽出〟だ」

師匠が切った野菜のうちの半分を鍋ではなく、口径の広めの大きなガラス瓶――ビーカーと言うらしい――に入れ、そこに水を加えた。

「これは裏庭にある井戸から汲んできた水で、飲料水にも錬金術にも使える。これに魔導具で熱を加えていく」

「ふむふむ！　なんか錬金術っぽいですね！」

小さく平べったい、輪っか状の魔導具を師匠が使うと、それに火が付き、その上に置かれたビーカーが熱されていく。

「って……これ、煮ているだけでは？」

「そうだな。だが、錬金術師の出番はここからだ。魔力の流れに注視してくれ」

「はい！」

私がワクワクしながら見ていると、師匠がビーカー瓶を挟むように両手を差し出し、静かにゆっくりと魔力をビーカーへと注いでいく。

それはガサツそうな師匠がやっているとは思えないほど、繊細でそして柔らかな魔力放出だった。まるで、細い糸のようにそれぞれの指から放出された魔力がビーカーをすり抜けて、中の水と野菜へと注がれていく。

ゆっくりと、ビーカーの中の水が渦を巻きはじめた。決して速くもなく遅くもないその渦の速さは、師匠の魔力よって均等に操作されている証拠だろう。いっそ不自然なほどに、同じ速さで混ぜられていくビーカーの中身。

しばらくすると、ゆっくりと水に色が溶け出していった。

虹色や墨のような黒い色、それに青色のモヤが現れ、水に混じっていく。

「おお！　色が変わった」

「もう少しだな」

師匠が変わらず魔力を注ぎ続けた。

ビーカーの中の渦は一定の速さで回り続け——やがてゆっくりと減速していく。

「ふう……まあこんなもんだろ」

師匠が両手をビーカーから離し、ビーカートングというハサミみたいな器具でビーカーを掴み、中身をザルで濾して、液体と野菜を分けた。

「凄い……見た目が変わってる！」

そこに残っていたのは、色が抜けて地上産のものと同じ見た目になっている野菜だ。逆に無色透明だった井戸水はすっかり濃い、濁った色になっていた。

「エリス、これが錬金術における〝抽出〟という工程だ。迷宮産の野菜の中があんな色をしているのは、迷宮内の大気や土壌、水に含まれる魔力の素——魔素に汚染されているからだ。だからそれを丁寧にこうして抽出してやれば……ただの野菜になる」

「なるほど……でもなぜ魔力で混ぜると野菜の中の魔素が水に溶け出すんです？　ただ煮るだけじゃダメなんですか？」

私が思い付いた疑問を口にする。

「もっともな質問だ。まず、魔素は魔力を使わないと動かすことはできないんだよ。ただ煮るだけだと、野菜の栄養分やらなんやらは液体に溶け出すが、野菜自体に魔素は残ったままなんだ」

「ふむふむ。それだと、食べられなさそうですね」

「だろ？　だから、魔力を操作して丁寧に魔素だけを液体に抽出していく。その結果、液体がああいうふうに渦巻くんだよ」

「師匠、私にもやらせてください！　多分、できる気がします！」

私はそう提案すると、師匠が苦笑いした。

「どこからその自信はわいてくるんだ？　まあいい。そう思って、野菜は半分残しておいた。見よう見まねで構わないから、やってごらん」

師匠に言われ、早速私も残り半分の野菜を使って抽出を開始した。

同じように野菜と水をビーカーに入れ、火に掛ける。

「いいか、丁寧さが大事だ。魔素の抽出を焦（あせ）って魔力を注ぎ過ぎると、野菜が崩れてしまうからな。いかにその形を保たせたまま、魔素だけを抽出するかが肝（きも）だ」

「はい！」

私は師匠と同じように両手を差し出して、魔力をビーカーへと注いでいく。ゆっくりと丁寧に、師匠のように繊細に。

「悪くない。そのままゆっくりと注いでいけ」

「……はい」

全神経を魔力操作に集中させる。精霊召喚用の魔法陣は寝ていても描けるぐらいに慣れているけど、流石にこれはそういうわけにはいかない。

「いいぞ。今日見たエリスの召喚用の魔法陣はとても繊細だった。あれを一本の線で描いていく感覚だ」

「ぐぬぬぬ」

逸る気持ちを抑えながら魔力を放出していく。

ゆっくりと液体が回りはじめた。

「悪くないが、魔力量が左右の手でズレている。完璧に両手の魔力放出をシンクロさせるんだ」

「む、難しい！」

右手の方が使い慣れているせいか、そっち側ばかり魔力放出が多くなってしまう。

おかげで、渦の回り方も速度も不均等だ。

「慣れている右手に合わせるのは難しい。右手を左手に合わせるんだ」

「ぬううう」

精霊召喚を両手でやるときは、魔法陣を描く速度はバラバラでも問題なかったが、これはそういうわけにはいかないようだ。

そうやって悪戦苦闘していると――

「うーん、ちょっと難しかったか」

師匠のその言葉を聞いてビーカーの中を見てみると、見事に野菜がボロボロに崩れて液体と一体化していた。

「ううう……すみません」

「気にするな。最初からできる奴なんていない。棚の中にまだ野菜があるから試してみるといい。

俺はちょっと他の調理用の材料やパンを買ってくる。流石にこの野菜だけじゃな」

師匠がそう言って、作業場から出て行った。

「ぐぬぬ、もっかいだ！」

そうやって何度かトライするも――どれも最初と似たり寄ったりの結果になった。

「何がダメなんだろう……液体を見るかぎり抽出自体はできているけど、野菜が崩れてしまう」

やはり師匠と違って左右均等に魔力を注げていないからだろう。

そのせいでビーカーの中の渦が不安定になり、野菜も脆くなってしまうのだ。

「あっ、だったら！」

私は再び準備をして、右手だけを差し出した。

更に――

「ディーネ、ミロワ、お手伝いよろしくね！」

「きゅー！」

「くーくー！」

私の言葉に、喚び出した二体の精霊――〝水の精霊、ディーネ〟と〝鏡の精霊、ミロワ〟が元気よく返事する。

本来なら左手を差し出すビーカーの横に、お腹が鏡になっているフクロウのような姿の精霊、ミロワがパタパタと浮いていて、そのお腹の鏡には私の右手が映し出されていた。それは擬似的にだけど、左右が反転しているおかげで私の左手のように見え、まるで当然とばかりに鏡の中から生えてきた。

それはミロワの持つ鏡の力で、私の右手を反転して模倣したのだ。つまり私が右手で魔力を放出すれば、ミロワの出した腕も同じように寸分違わず魔力を出してくれる。

そうすることで――完璧にシンクロした形で魔力がビーカーへと注がれた。

「あとはディーネ、野菜が崩れないように水流を操作して！」

私のお願いを受け、ディーネが半透明になってビーカーの中でぐるぐると渦と同じ方向へと泳ぎはじめた。そのおかげで私の雑な魔力操作でも水流は乱れない。

本来なら精霊の力に頼らず、師匠のように自力でやらなければいけないのだろうけども――まだ初日なので師匠も大目に見てくれるだろう。

そうして、抽出を続けた結果――

「あれ？　なんか変だな？」

なぜか、液体がキラキラと輝きはじめた。

えっと、これ何？

「と、とりあえず、野菜を取り出して……」

野菜から魔素自体は抽出できているのか、崩れもせず色も抜けていた。おそらく食べても問題ないから成功と言ってもいい。

問題は残った液体の方だ。

師匠が最初に作ったのや私の失敗作と違って、色も虹色だし、なぜか輝いている。

「なんだろ……これ」

なんて首を傾げていると——師匠が帰ってきた。

「ただいま……ってうお？　なんだこれ？」

師匠が驚きのあまり、買ってきた材料やパンを床に落としてしまう。

「えっと……さっき試したら、こうなっちゃって！　野菜は完璧なんですけど！　あ、でもこれも失敗ですよね!?」

私がワタワタしながら師匠が落とした食材を拾い集めている間、師匠が注意深く私の作ったそのキラキラ液を見つめていた。

「どうやってこれを作った」

それに対し、私が精霊の力を借りたことを説明すると——

「なるほど……はは、まさか初日にこんなものを作ってしまうとはな」

「へ？」

「俺の目に狂いはなかった。いや、それにしても……見事だよ、エリス。これは快挙と言ってもいい！」

師匠がなぜかとても嬉しそうに私の肩をバンバンと叩いた。いや、ちょっと痛いんですけど！

「いいか、この抽出はな、野菜を食べられるようにすることは、本来どうでもいいんだよ」

「え？」

じゃあこの作業は何の為の作業だったんだ？　そんな私の心の叫びに、師匠が答える。

「大事なのは、この魔素を抽出した液体の方さ。これは【魔素水】と言って、ポーションをはじめ、様々な道具の原材料になるんだよ。で、抽出できた魔素の量でその質も決まるんだが……エリスが最後に作ったやつは……とてつもない価値を秘めている」

「そうなんですか？　このキラキラ液が？」

「ああ。詳しくは分析してみないと分からないが……おそらくこれには魔素とは別に……精霊の力が宿っている。ポーションどころか、もっととんでもない物に化けるぞ！」

　師匠が喜びのあまり小躍りしているので、私は首を傾げた。

「とんでもない物に化けるってどういうことですか？」

「正直に言えば、俺でも予想が付かないぐらいに凄いものだよ！　早速これを分析して実験を……と言いたいところだが、とりあえず飯にしようか！」

「はい！　もうお腹ペコペコで動けません！」

　私がそう言うと、師匠は深く頷いた。

「そうだろうな。錬金術は緻密で繊細な魔力操作が必須なんだ。魔力量が正義な魔術師とはわけが違う。だから頭も疲れるし腹も減る」

「魔力操作はまだまだです。師匠みたいに上手（うま）くできませんでした」

　私の言葉を聞いて、師匠が首を横に振った。

「いや、それでもエリスには才能があるよ。並の奴なら間違いなく一年修行してもここまではできない。それぐらいに抽出は錬金術の基礎であり、そして極めるのが一番難しい技術なんだ。そもそも精霊を使おうなんて発想は絶対に出てこないだろうな。鏡の精霊と水の精霊を使うなんて俺ですら考えつかない素晴らしいアイディアだよ」

私は褒められたことが嬉しくて、それが顔に出ないようにするのに必死だった。もしかしたら精霊を使ったことを怒られるかもしれないと思っていただけ余計にだ。

そうしている間に師匠が手際よく抽出に使った野菜とベーコンの入ったスープを作っていく。

その背中を見ていると、私はなんだかホッと安心したのだった。

そういえば、帝都に来てからはずっと気を張っていた気がした。

その緊張が、今解けた。

だから――

「あはは……なんで私……泣いてるんだろ」

ぽろぽろと涙が溢れてくる。

調理中の師匠に気付かれないように、裾で涙を拭いた。こんなことで泣いていたらいけない。

私はもう、大人なんだから。

「ほら、できた。といってもスープとパンだけだが」

師匠が笑顔で、美味しそうな匂いを漂わすスープとパンを運んできた。

「美味しそうです！」

「うっし、食べるか」

「はい！　いただきます！」

それは私にとって久々の――誰かと共にする食事だった。

私が凄い勢いでパンにかぶりつくと、師匠がそれを見て笑う。

「涙が出るほど、腹が減っていたのか？」

なんて師匠が言うので、私はどう答えたらいいか迷う。というか泣いていたのがバレてる！

「違いますよ。なんだか、ホッとしたら涙が出ちゃって」

私が正直にそう言うと、師匠が柔らかい笑みを浮かべた。

「そういえば幼い頃に母を亡くしたと言ったな。それに父親が失踪したのが……五年前だっけか」

「はい」

「今いくつだ？」

「十六です。今年成人しました」

「ってことは、十一歳からずっと独りだったのか」

師匠がそう言って目を閉じた。哀れみ、あるいは同情だろうか。でもなんだかどちらとも違う気がした。――共感が正しいのかもしれない。でもその理由は分からない。

「でも村の人達は優しかったですし、一人でもちゃんと生活していましたよ！　それに私にはこの子達もいるし」

私はパンを少しだけクイナに分けて、微笑(ほほえ)む。

「家のことも全部一人でやっていました。毎日狩りを手伝ったり、魔物を追い払ったり、畑を耕したり。でも、私は冒険者になりたかったんです。父とのあの懐かしい日々をまた取り戻す為に。だから成人してすぐ帝都にやってきました。でも……ダメでした。どこに行っても冒険者には向いていないって断られて……」

お腹が満たされたせいもあって、なんだか口が軽くなっていった。全部喋ってしまわないと、何かが溢れ出そうだ。

「気にするな。冒険者ってのは、上辺の強さしか求めない連中だ。エリスの良さに気付かないのも無理はないさ」

「私の良さ……ですか?」

「ああ。エリスは気付いていないだけで、素晴らしいものを沢山持っている。それを俺が証明してやるさ。まあ、見ていろ、多分、エリスはそのうちに凄いものを作ることになるぞ」

師匠がそう言って、ニヤリと笑った。それが多分、師匠なりの慰めだと分かって、なんだか嬉しくて心がじんわりと温かくなる。

「ふふ、楽しみにしておきます」

私は、心の底から笑えた気がしたのだった。

そうして食事を終えて、私が片付けをしている間に、師匠は何やら色んな器具を取り出し、私の作ったキラキラ液……もとい魔素水を調べはじめた。

「ふむ……ふうむ。興味深い」

師匠がそんなことを言いながら、魔素水の一部を使用して何かを作りはじめる。

保存棚から取り出した小さな黒い魔石――魔物の体内で生成される魔力の塊――と乾燥した

葉っぱを粉砕したものを、魔素水の中に入れた。

それに、抽出の時と同様に火に掛けながら混ぜていく。

「うーん。なるほどなあ」

真っ黒の液体ができ上がったのを見て、師匠が唸る。

「ど、どうなんです？」

「うーむ。結論から言うと……使えない」

「えええええ？　ダメじゃないですか！　凄い何かに化けるって発言はなんだったんですか！」

「魔素水ってのは、万能なのさ。基本的には液体系の道具に必要な素材で、ポーションを作る時も魔素水を使う。それ以外の錬金術でも、触媒として有用なんだ」

「じゃあこれは魔素水ではないってことですか？」

「まだ分からないが……魔素水として使えない可能性が高い。ポーションも試しに作ってみたが、失敗した。おそらく触媒として使うのも難しいだろう」

「じゃあ、何に使えるんですか？」

私が縋るような目で師匠を見つめた。

せっかく苦労してできたやつが、何にも使えないというはあまりにも悲しい。

「分からん。が、絶対に何かあるはずだ。これ自体はとても高品質な代物だからな」

「そうですか……」

私が分かりやすく落ち込んだのを見て、師匠が小さく笑った。

「落ち込むことはない。さっき〝使えない〟と言ったのはあくまで、俺の場合だ。おそらくだが、この魔素水には精霊の力が宿っている。それを俺が使いこなせていないだけだろう。つまり――エリスならこれを使って、これまでに見たこともない何かを作れるかもしれないんだよ！」

　師匠が嬉しそうにそう言いきった。

「喜べ、エリス。既存品を作るのは俺やその辺りにいる錬金術師に任せて、エリスはエリスにしか作れない物を探したらいい。錬金術師とは本来、そういうものだからな」

「は、はい！　でも、何が作れるんでしょうか……」

「さてな。今はとりあえず、基礎的な技術やレシピを覚えていけばいいさ。じゃあ、一旦その魔素水は置いといて、通常のポーションの作り方を教えてやろう。まずは――」

　師匠がそう言ってポーションの材料と作り方を一つ一つ丁寧に教えてくれた。

　必要なのは――魔素水と魔石、そしてメディナ草と呼ばれる薬草だ。

「ここに関してはさほど難しい工程はない。魔素水に触媒となる魔石を入れ、メディナ草を乾燥させ砕いたものを入れて火に掛けながら混ぜる。この際、魔力は魔石に注ぐだけでいい。抽出と違って細かい魔力操作も要らないし、エリスになら簡単にできるはずだ」

　私が師匠の言う通りにやってみると、魔素水がみるみるうちに緑色の液体へと変わっていく。

「よし、完璧だ。あとは、濾して不純物を無くせば――完成だ」

「おー！　ポーションだ！」

「簡単だろ？　普通は抽出を含め、一人で作れるようになるには一年ぐらい掛かるんだけどな」

「えへへ、褒めないでくださいよ」

「ま、今はとりあえず工房再開に向けて、主商品たるポーションの量産が目下の課題だな。その合間に、エリスはその精霊の力を秘めた魔素水――そうだな、〝精霊水〟とでも名付けようか。それの活用法を研究するといい」

「分かりました！」

私が元気よく返事すると、師匠が頷いた。

「さて。ポーションの材料も在庫がそろそろ切れそうだな。近いうちに買い足さないと。それに工房再開の許可も取らないといけないし……忙しくなるぞ」

そう言う師匠はなんだか楽しそうだ。それを見て、私は弟子入りして良かったと心から思った。

だって私、こんなにワクワクしているんだもん。

結局その日は、師匠が作った魔素水の残りを使ってポーションを作り、日用品を買いに街へと出掛けただけで終わったのだった。

＊＊＊

その日の夜。

私は掃除をしてピカピカになった寝室で、テーブルの上に置いた精霊水を見つめていた。

精霊水の入った小瓶の横で、明かり代わりに召喚したトカゲのような姿の精霊――〝火の精霊、サラマン〟が、昼間に買ってきた小さな鉱石の欠片を嬉しそうに囓っていた。

「ぴゅいー！」

「あはは、サラマンはそれ好きだもんね」

「ぴゅい！」

　精霊にはそれぞれ個性があり、当然好き嫌いもあった。例えばクイナは布が好きだけど、金属は嫌いらしい。このサラマンは逆に金属が好きで、こうして鉱石を囓る姿が可愛くてつい与えてしまうのだ。

　ただ、村にいた時は鉱山が近くにあったから鉱石の欠片なんていくらでも手に入ったけども、この帝都では欠片でも結構な価格なのに驚いた。

「だから、昔みたいにいっぱいあげられないかも」

「ぴゅう……」

　サラマンが悲しそうな表情を浮かべた気がして、ちょっとだけ心が痛い。とはいえ、お財布事情が改善されない限りは、そうそう頻繁に買えないのは事実だ。

「うーん……この精霊水を凄い何かにできれば……お金持ちになれるかもしれないのになあ」

　そもそも師匠ですら使い方が分からないものを、まだ錬金術を習いはじめた私に扱えるとは思えない。

「ぴゅい？」

　そんな私の顔を見て、サラマンがそのつぶらな瞳を私へと向けた。

「なんでもないよ。さあ、私は寝るね。寝てる間の見張りをよろしく」

一応、師匠が言うにはこの錬金工房には警報魔術が組み込まれてあり、不審者が侵入してくると警報が鳴るようになっているそうだ。それでも、私はいつもの癖（くせ）で寝る時も精霊を傍に待機させた。精霊は個体によるけども、殆（ほとん）どのものが睡眠を必要としないし、近くに居れば魔力が切れて消えることもない。何かあれば起こしてくれるし、頼れる仲間だ。

「じゃあ、おやすみ――サラマン」

「ぴゅいぴゅい！」

サラマンが尻尾（しっぽ）の火の光を弱めて部屋を暗くする。

心地良い睡魔がやってきて、すぐに私は寝付いたのだった。


だからそれは夢だったのかもしれない。

夜中に何かの物音でふと私が目覚めた時。

テーブルの上でサラマンが、前脚で精霊水の入った小瓶を転倒させた。そのせいで零（こぼ）れた精霊水が、彼が齧っていた鉱石の欠片に触れた時――確かに私はピカピカと光る何かを見た。

「あれ……は……な……に……」

だけども私は再び眠りに落ちてしまったのだった。

第二話　精霊錬金と赤いポーション

翌朝。

「んー……おふぁよお」

朝になり目が覚めた私は、ベッドの上で大きく伸びをしてそんな寝惚けた声を出した。

あ、そうだ……昨日の夢……。

私は昨晩見た夢の名残が頭の中で溶けてしまう前に、慌ててテーブルへと向かった。

「……やっぱり。夢じゃなかった」

そこには倒れた小瓶と零れた精霊水、それに丸まっているサラマンの姿があった。

サラマンが私の顔を見ると身体を伸ばし、丸まっていた時に抱いていた鉱石の欠片をスッと前脚で私の方へと押した。

「ぴゅー」

「え？　くれるって？」

「ぴゅい！」

「あ、ありがとう。ってあれ……」

私があげた鉱石の欠片は確か鈍色だったはず。なのに——

「色が変わってる」

それはなぜかほんのりと赤く染まっていた。更にそれを手に取ると、なぜかその欠片は熱を帯びていた。

「なんか暖かい」

「どういうこと？」

「ぴゅー」

「え？　力を授けた？」

「ぴゅいぴゅい！」

「うん、分かった。とりあえず師匠に見せてみるね」

そうして私はまず浴室にある洗面台で顔を洗って歯磨きをすると、寝間着からいつもの服装に着替え、髪の毛をとかした。

これからは独りじゃないんだから、レディとして身だしなみはしっかりしないとね。鏡に映る自分の姿を見て、私はにっこりと笑う。よし、今日もバッチリだ。

私はサラマンがくれた鉱石の欠片をポケットに入れて下の作業場へと下りると、既に師匠は来ていて、あれこれ実験を行っていた。

「師匠、おはようございます」

「おはよう、エリス。朝食用に角の店でパンを買ってきたから食べるといい」

見るとテーブルの上に、フワフワな白パンが置いてあった。

「ありがとうございます！　あ、でも師匠、その前にこれ、見てくれます？」

師匠にサラマンから貰った赤い欠片を見せると絶句してしまった。

「………なんだこれ」

「私も夢うつつだったので、詳しくは覚えていないんですけど……サラマンがどうも何かしたみたいで」

「状況を詳しく説明してくれ」

「うーん、それがサラマンに聞いても要領を得なくて……元々精霊の言うことって理解しづらくて。力を授けた、としか」

「そもそも精霊の言葉を少しでも理解できるだけで凄いことだけどな。しかし、ふうむ。力を授けた、か」

師匠がその欠片を昨日と同じように色々な器具で調べはじめる。

「精霊水と、鉱石の欠片と火の精霊……やはりか」

師匠が器具を置いて、腕を組みながら目を閉じた。

「何か分かりましたか？」

「……信じられないかもしれないが、俺の魔力視とマナ計測器の結果によると——この鉱石は微量だが火属性を帯びていることが分かった」

「ほえー」

火属性を帯びている、と言われてもあんまりピンとこない。

「ほえー、じゃない！　これは凄いことなんだぞ？　信じられん……魔術で一時的に属性を付与する方法はあるが、あれは付与できる物質も限られていて、しかも高度な魔術のわりに短時間で効果を失ってしまうという欠点がある。ところが、これを見ろ！　火属性を安定して保っている！　しかもただの鉄鉱石がだ！」

「はあ……。あ、でも、武器とかに属性付与するのは私でもできますよ？」

「……はい？」

師匠が信じていなさそうな目でこちらを見つめてくるので、私はキッチンに置いてあったナイフを手に取り、精霊を召喚する。

「おいで――ハクテン」

紫電と共に魔法陣から現れたのは、モフモフのイタチのような姿の精霊である、〝雷の精霊、ハクテン〟だ。

「力を貸してね、ハクテン」

「きゅー！」

ハクテンが身を翻すと紫電が私の身体を伝わっていき、ナイフが雷を帯びはじめた。

「ね？　できたでしょ？」

「もう驚きすぎて、リアクションも取れん……」

師匠ががっくりと椅子へと座り込んだ。

「ええ～」

「エリスの精霊召喚……というか精霊使役の術には驚かされっぱなしだよ。言っておくが一流の精霊召喚師でも、そんなことはできないぞ」

「そうなんですか？　そんな難しいことでもないのに、ねえハクテン」

でも言われてみれば、精霊召喚の技術を教えてくれた父は、真似できないって言っていたっけ。

「きゅーきゅー」

「へ？　普通はこうやって会話もできないし、力も貸さないって？　そうなんだ……」

もしかして……私って結構凄いのでは？

「だろうな……精霊はそもそも住む世界が違うし、価値観や思想が我々人間とはズレているらしい。そもそもなんで精霊と対話できているのかが謎すぎる」

「うーん……なんでだろう。でも、お母さんは普通に精霊と会話していたような気がするなあ……」

「なら、何か特別な血筋なのかもしれん。しかし……それにしてもその属性付与は、どれぐらい効果が続く？」

「へ？　あ、精霊を召喚している間はずっとですね。もちろん精霊を還したら、元に戻りますが」

「だろうな。だとするとやはり、これは特別だ」

師匠が、あの赤い鉱石の欠片を手に取った。

「火の精霊はもう還したのだろ？」

「はい」

「なのに、まだ微量だが属性が宿っている」

「ああ、そういえば確かにそうですね」

「ふむ……精霊水と精霊、それに鉱石か。再現性があるか試してみよう。サラマンが分かっていてやったのか、偶然だったのかは判断つかないが……これは錬金術による産物の可能性が高い」

そう言って師匠が昨日、研究用にと取り分けていた私の精霊水と何やら板状の金属を取り出した。

「これは何の変哲もない鉄だ。おそらくとしか言えないが……錬金術の一つである金属錬成の工程に、精霊水と精霊の力を加えることで、精霊の持つ属性をその物質に宿せる……のかもしれない。だからやってみよう」

「はい！」

なんか分からないけど、楽しそうだ！

私は師匠に言われるままに、金属錬成用に使う大きな壺（つぼ）へと鉄を入れ、精霊水を注（そそ）いだ。魔導具で火に掛けるが、この程度の火力で鉄を溶かすことはできるのだろうか？

「それに関してはこの錬金壺に付与されている溶解の魔術のおかげで問題ない。よし、ここからはエリスにしかできない工程だ。ハクテンに、中の物質に雷属性を付与するよう言ってくれ」

私は言われるままにお願いすると、ハクテンがヒョイと壺の中へと入っていく。その途端、雷がパチパチと中で走り、キラキラと瞬く。あ、この光、昨日の夜見たやつかも。

そのままハクテンにお願いし、魔力を加えながらゆっくりと壺の中のものを混ぜる。確かに板状だった鉄がすぐにドロリと溶け、液状化していく。

「ところで、師匠」

「ん？」

「この工房に掛かっている清浄魔術だったり、警報魔術、それにこの溶解の魔術。色々な物に魔術が付与されていますけど、これができそうなら属性付与もできると思うのですけど」

「ああ。それはな、属性魔術の成り立ちがそもそも他の魔術と違うからだよ。また詳しく教えるが属性魔術ってのは、結局精霊の力を借りているからな。だからこそ安定して扱うのは難しいんだ」

「へー。じゃあ魔術師も厳密に言えば、精霊を使っているんですね」

「精霊がこの世界に残した力の残滓(ざんし)――つまりマナを使っている……と言った方が正しいな。ま、精霊そのものを扱えるエリスからしたら馬鹿(ばか)らしい話かもしれないが」

「魔術も中々面白(おもしろ)そうですね」

「エリスならあるいは良い魔術師にもなれるかもな。お、見てみろ！」

師匠が壺の中を指差す。私が慌てて中を覗(のぞ)くとそこには、薄らと紫色に染まった金属の塊ができていた。

「反応が終わったんだろう。よし、取り出すぞ。熱いから注意しろ」

師匠が金属バサミでそれを取り出し、予(あらかじ)め用意していた水の入ったバケツの中へと入れた。

一瞬で水が沸騰し、大量の蒸気が発生する。

「……できたぞ」

師匠が水の中から取り出したそれを、台の上へと置いた。

「ど、どうです？」

私がドキドキしながら、それを凝視する師匠へと声を掛けた。

「ふふ……調べずとも分かる。これは間違いなく……雷属性が付与された鉄だ」

師匠がそう言って、それを手に取る。

「――〝溶解せよ〟」

そんな短い詠唱と共に、師匠の手の中で私が錬成した金属がドロリと再び溶けた。

「――〝凝固せよ〟」

その言葉と同時に、その液体化した金属がひとりでに小振りなナイフへと変化していく。

あっという間に師匠の手にはグリップや柄(つか)がない、刃が剝(む)き出しのナイフができ上がった。

「な、なんですかそれ！」

「凄いことができるのは……エリスだけじゃないのさ。これは特殊な技術の一つで、固有錬金術と呼ばれていてな。独自性の高い錬金術をそう総称するんだ。俺が今使ったのはその中でも、錬金局では【黒山羊(くろやぎ)の両腕(りょううで)】という名称で登録されている。今のところ俺にしか使えない固有錬金術だ」

「錬金局ってなんです？」

「錬金術師を管理する組織さ」

師匠がちょっと得意気な表情でそう言うと、そのナイフをブンッ、と振った。

するとその軌跡をなぞるように紫電が走る。見れば刀身(とうしん)にも雷を帯びていた。

「素晴らしい。完璧(かんぺき)だ」

師匠が惚(ほ)れ惚れした顔でそのナイフを見つめた。

「魔力を込めると、付与された属性が発動するようだな。これは……間違いなく錬金術における革命だよ」

「師匠、説明を！」

私が待ちきれずに師匠に解説を求めた。なんだか分からないけど、凄いものができたようだ。

「難しいことはない。エリスの精霊召喚師としての規格外の能力と、錬金術を合わせた結果……新たな技術、そして物質が生まれたんだよ。これは間違いなくエリスにしかできないことで、そしてエリスの功績でもある」

師匠がそう言って、そのナイフを渡してくれた。

ひんやりとしたそれに触れると――私は確かにその中にハクテンの気配を感じた。

「あ、そういえばハクテンがいない」

錬金壺の中を見てもハクテンはいなかった。そしてナイフから伝わる気配。つまりこれは……。

「精霊そのものを金属と融合させたんだよ。試しにハクテンをもう一度、喚んでみてくれ」

「はい！」

私が魔法陣を描くと、問題なくハクテンが飛び出してきた。

「きゅー」

「ふむ。ナイフの属性は消えていないな」

「ですね。精霊の本体は常に精霊界にいますから、金属と融合させても問題ないみたいです」

「となると……これはとんでもないことになるぞ」

師匠がニヤリと笑った。

「とんでもないこと？」

「ああ。冒険者の武器選びの概念が変わるレベルだ。魔物に対して属性魔術は非常に有用なんだが、なんせ属性魔術は基本的に魔術師にしか扱えず、かつ一流の魔術師でも多くても二種類ぐらいの属性しか扱えないんだ。だが、この素材があれば……どんな冒険者でも気軽に様々な属性を扱うことができるようになる。これは凄いことだぞ！」

「な、なるほど！」

よく分からないけど、なんだか凄いことらしい！

「錬金局にもそのうち報告しないとな――間違いなくこれは固有錬金術として登録されるだろう。そうだな……【精霊錬金】なんて名前はどうだ？　それに今回できたものを〝精霊鉄〟と名付けよう」

【精霊錬金】――それは、精霊召喚師でありながら錬金術師になろうとする私自身を表したような言葉で、なんだか私まで嬉しくなってしまう。

「詳しい理論や方法、レシピはおいおい研究するとして……とりあえずこれが実際に素材として有用かを、どこかで試さないとな」

「はい！」

「これなら工房を再開しても問題ないだろう。きっと主力商品になるぞ！」

「おお！　ついに工房を再開するんですね！」

「その為の許可を取りに行かないといけないがな。よし、早速今日いくか！　わはは！」

上機嫌なまま師匠が出掛ける準備をする。

私もウキウキ気分で準備をして、師匠と共に錬金局の本部へと行くことになったのだった。

＊＊＊

帝都、〝冒険者通り〟――錬金局、本部。

その綺麗な建物は中も広く、錬金術師らしき人々がカウンターの中にいる事務員とあれこれ手続きをしていた。

師匠曰く、錬金術師はそれなりに貴重で需要がある為、国家認定機関であるこの錬金局できっちりと管理されているそうだ。

「まずは、工房を再開させよう。でないとエリスの所属工房を聞かれた際に困るからな」

そう言って師匠が受付の事務員さんと話していると――突然師匠が声を張り上げた。

「待ってくれ！　工房再開の許可が出ないってどういうことだ？」

師匠が受付の事務員さんに食って掛かる。

「ジオ・ケーリュイオン様、申し訳ございません。何度も連絡を差し上げたのですが、全く音信不通な上に会員費も滞納されていたので、規定に従い工房許可を取り下げさせていただきました」

「……しまった」

顔に手を当てる師匠を見て、私はなんだか嫌な予感がしていた。

なので、おずおずと師匠に聞いてみたけども……。

「なにかマズいんですか？」

「……工房を再開できない」

「ええ？　なんでですか？」

「俺のせいだ……工房を閉めてからずっと自棄になっていたツケが……。まさか俺の錬金術師の資格までもが消えていないだろうな」

師匠の言葉を、事務員さんが否定する。

「資格に関しては問題ありません。ですが規定違反を行った方は一年間、工房の再開あるいは新設を行えない処罰が科せられますので」

「滞納した会費はすぐに払う！　だから、なんとか再開の許可を取れないか？」

「規定ですので……申し訳ございません」

ガックリとうなだれる師匠が受付から離れて、ロビーの椅子へと座り込んだ。

「くそ……馬鹿か俺は！」

師匠が自らの膝へと拳を打ち付けた。その打ちひしがれた様子を見て、私は掛けるべき言葉を失った。

どうしよう。いきなり暗礁に乗り上げてしまった気分だ。

でも、私まで暗くなっていたらダメだ。

「……と、とにかく、一度戻って、なんか考えましょ！　なんとかなりますって！　多分！」

私が明るい声でそう師匠を励ましていると――

「おや？　おやおや？　誰かと思えば……ジオじゃないか」

そんな声が入り口の方から聞こえてきた。

私がそちらの方に振り向くと、一人の青年がこちらへとやってきた。仕立ての良い、貴族のようなオシャレな服を纏った綺麗な金髪の青年が、その瑠璃色の瞳を私と師匠の間に行き来させる。

「もうてっきり死んだかと思っていたのに……なんでまたこんなところに？」

青年の態度や口調からして、師匠の知人なのだろう。

「……げっ。レオンじゃねえか」

師匠が顔を上げて、露骨に嫌そうな表情を浮かべた。

「そう邪険にしないでよ。数少ない錬金術科の同期なんだからさ」

「うるせえ、ほっとけ。あっちいけ」

まるで犬を追い払うように手を振る師匠を無視して、その青年――レオンさんが私へと笑みを向けた。甘いルックスにその笑顔は良く似合っているが、少し胡散臭い。

師匠とは違うタイプの、女性の敵っぽい雰囲気がビンビンする。

「やあ、美しい娘さん。僕はレオン・エルハルト。エルハルト錬金工房の錬金術師だよ」

「えーっと、エリス・メギストスです。師……じゃなかったジオさんの弟子です」

「メギストス……？　どっかで聞いた名――いや待て、それよりもジオの弟子？　嘘だろ。面白い冗談だ」

　レオンさんが驚愕（きょうがく）の表情を浮かべた。

　まるで珍獣でも見たかのようなその表情に、私はムッとする。

「冗談でも、嘘でもありません！　ね、師匠！」

「お、おう。確かにエリスは俺の弟子だ。手を出すなよ、レオン」

　師匠の言葉に、レオンさんが一歩後ずさりする。よほどの衝撃だったらしい。

「あの君が弟子を取っただって？　ありえない。信じられないよ。ジオ、君はもう……立ち直ったのかい」

　なんだか含みのある言葉だ。

「……まあな」

「なるほど。それでここに来たんだね。で、大方、工房再開の許可が取れなかったってところか」

　レオンさんがズバリ、今の状況を言い当てた。

「はあ……俺が馬鹿だった。せっかく弟子も取って張り切って再開させようとしたのにこのザマだ」

「自業自得だよ。これじゃあ、あまりにエリスちゃんが可哀想（かわいそう）だ。君はそんなところまであの女に似てしまったのかい」

　レオンさんが冷たい眼差（まなざ）しを師匠へと向ける。

「あ、いや、私は――」

　私が何か言おうとする前に――レオンさんが大きくため息をつき、口を開いた。

「仕方ない。同期のよしみだ、教えてやろう。ジオ、君は忘れているかもしれないが……一つだけ方法があるだろう？」

「へ？　あるんですか？」

「あるんだよ。でも、それには……エリスちゃんの協力が必要だけどね」

レオンさんがそう言って私に微笑(ほほえ)んだ。

「私ですか？」

「ジオはどうやらショックで全部忘れてしまったらしい。元々、あの工房がどういう経緯で自分のものになったかを」

レオンさんのその言葉で、師匠がハッと顔を上げた。

「ああ……！　そうか、その手があったか！」

「よりにもよって君が忘れていたなんて……僕には信じられないね。じゃ、僕は今から本部長と密談があるから。エリスちゃん――そこの馬鹿は錬金術の腕は最高だし有能なんだが、時々こうしてポンコツになる時があるから、君が支えてやってくれ。何かに困ったら僕の工房を訪ねるといい。じゃあね！」

サッと手を挙げて、レオンさんがそのまま悠然と去っていった。

「ちっ、格好(かっこう)付けやがって」

その背中を見て、師匠が毒づく、
でも、本気で嫌っているわけではなさそうなのは見ていて分かる。

「あ、あの師匠。それで、その方法って？」

「気付いてみれば、簡単なことなんだ。むしろ、忘れていた俺が馬鹿だった。行くぞ、エリス」

なぜだか、急に元気になった師匠がもう一度受付へと向かった。

「ですから――工房再開の許可は出せません」

事務員さんが呆れたような口調でそう先制する。だけども、師匠の顔には笑みが浮かんでいた。

「分かっているさ。だから――彼女の工房を新設する。俺の工房の登録は破棄してくれ」

「え？　えええええええええ？」

驚くことに――工房新設の手続きは驚くほど簡単に済んでしまった。

「工房の名前を決めてください」

事務員さんにそう言われて、私は困惑してしまう。

「え？　え？　待ってください！」

「……まあ通例に習って、エリス錬金工房にしよう。錬金工房は昔から、男性の場合は名字を、女性の場合は名を冠することが多いんだよ。それに工房名は気に入らなければ、あとから変えられる」

「はあ……」

こうして……私は何がなんだか分からないまま、師匠の工房を実質的に引き継ぎ――【エリス錬金工房】を開くことになった。

まだ錬金術師でもないのに――自分の工房ができてしまったのだ。

その後、事務手続きが全て済み、ジオさんの工房――じゃなかった私の工房へと帰る道すがら。

「師匠」

「なんだよ」

「まだ錬金術師でもない私が工房を新設して大丈夫なんですか？」

「ん？　ああ、それなら問題ない。パトロンに出資してもらって工房を作るなんてよくある話で、工房の名義自体は基本的に誰でもいいんだ。ただし、最低でも一人は錬金術師の資格を持つ者が所属していないと、錬金工房とは認められない。この場合俺がいるから、何の問題もない」

「なるほど……でも師匠、やけに手慣れていましたね」

まるで以前にも、同じ手続きをやったかのようだった。

「……まあな。前も話した俺の師匠についてだが……まあ、錬金術師の中でも変わった人でな。錬金術師でありながら、一流の冒険者でもあった」

「冒険者！　凄い人ですね」

それは、ある意味私が目指す姿なのかもしれない。

「とにかく錬金術師と冒険者としては有能だったよ。だけども……それ以外は全然ダメでな。ガサツだし、金遣いは荒いし、平気で錬金局が定める規則を破るし……」

その師匠の言葉には苦労が滲み出ていた。弟子時代の師匠がアレコレ奔走していたのが目に浮かぶ。

「んで、ついに工房から名義を剝奪されたんだよ。当然そうなると、錬金工房としての商売はできなくなる。それじゃあ困るからって——アイツはまだ錬金術師見習いだった俺の工房を新設させて名義を上書きするという荒技を使ったんだ。つまり……今の状況と同じだ」

「師匠も、人のことを言えないですね」

私は思わずそう意地悪なことを言うと、師匠が情けない表情を浮かべた。

「それはもう……その通りだ。反省している」

「あはは、冗談ですよ。でも、面白いから……また師匠の師匠の話、聞かせてくださいね」

「……気が向いたらな」

そう言って師匠が肩をすくめたのだった。

その横顔にはやはり、どこか憂いを帯びているように私は見えた。

＊＊＊

その後、数日があっという間に過ぎていった。

店舗のお掃除をして、工房を再開する為に必要な事務用品や備品を揃(そろ)えた。

「完璧！」

私は工房の扉とその横にある窓をピカピカに拭いたあと、汗を拭いながら満足気に頷(うなず)いた。

すると、背後から声を掛けられた。

「おーい、エリスちゃん」

振り向くと、そこにいたのは、錬金局の本部で出会ったレオンさんだった。背後に、荷台を引いた職人さんを連れている。

「あれ、レオンさん。どうしたんですか？　師匠なら、買い出しに出掛けていますよ」

「ああ、アイツはどうでもいいんだよ。エリスちゃんに会いに来たのさ」

レオンさんがまた、女性を魅了しそうな笑顔を私へと見せ付けてくる。悪い気分ではないけど、少し胡散臭い……。

「私に……ですか？」

「そう。工房新設のお祝いを持ってきたのさ――君、それを取り付けてくれる？」

レオンさんが背後にいた職人さんにそう声を掛けると、その人が木製の看板のような物を荷台から取り出した。

「あっ！　これってもしかして！」

その看板には花と剣が交差する紋章が描かれていて、その中心に【エリス錬金工房】と表記されていた。

「ふふふ、看板は必要だろう？　腕のいい職人に作らせたんだよ」

「素敵です！　で、でもいいんですか……？　お金ならないですが！」

「お祝いだよ。それにあのジオの弟子だからね。今のうちにお近づきになりたい……という下心もあるのさ。君が可愛い女の子であるということを抜きにしてもね」

レオンさんが爽やかに笑う。

「で、でも……」

この前会ったばかりの人に、ここまで良くしてもらうのは、なんだか悪い気がする。

「気にしないでくれ。これをジオの前で言うと嫌がるから言わないいんだけども……アイツには恩があってね。これはその些細な恩返しさ。弟子であるエリスちゃんに、という建前があれば、アイツも嫌がらないいし僕の気も済む。ワガママだと思って受け取ってくれるとありがたいかな」

レオンさんが、他意のなさそうな笑顔でそう言うので、受け取らないわけにはいかないだろう。

「ありがとうございます。なら、遠慮なく受け取りますね。それに本当は看板をどうしようか迷っていたので助かります！」

私がそうして頭を下げると、レオンさんが連れてきた職人さんが口を開いた。

「で、旦那、看板を付けるのは扉でいいですかね？　それとも吊り看板にして扉の上に設置しますか？」

私は少し迷った結果、吊り看板にしてもらうことにした。だってそっちの方がお店っぽいもん！

「うんうん。やっぱり主が代わると……工房の雰囲気も変わるな」

レオンさんが吊り看板を見て、満足そうに頷いた。

「じゃ、僕は帰るよ。ジオが帰ってこないうちにね」

「レオンさんありがとうございます！」

私は帰ろうとするレオンさんに深々とお辞儀をした。

彼はスッと右手を挙げて、そのまま去っていく。

うーん、去り際まで格好いい。

「ふふふ……なんだかドキドキしてきたなあ」

看板があるだけで、グッとそれらしくなって私はいてもたってもいられなかった。

「さて……実験用の精霊鉄はもう作ったから……次はポーション作りだ！」

拳を宙に突き上げて気合いを入れ、私は工房の中へと戻り、作業場へと向かう。

実は師匠に内緒で、私はとある実験をしようとしていた。

「精霊水でのポーション作り……師匠は失敗したけども、多分できるはず」

普通のポーションはもう作り方をマスターしたけども、やっぱり私は自分の作った精霊水を使った、ポーションを作りたかった。

師匠曰く、精霊の力を使いこなせないと精霊水は使えないという話なので——

「おいで、ガーデニア」

「きゅるー！」

私が召喚したのは〝癒やしの精霊、ガーデニア〟で、苔と緑色の毛でフワフワの身体を持つ、ウサギのような形の精霊だ。耳の代わりに葉っぱが二枚、頭部に生えていて、その間に小さな白い花が咲いている。私は花を潰さないように優しく頭から背中に沿って撫でた。

ガーデニアは土属性で、傷を癒やす力を持っている。幼い頃に私が無茶をして怪我した時に、よく父に召喚してもらって、傷を治していた。

「精霊鉄と同じで、精霊の力を使えば……きっと上手くいくはず」

私はビーカーに精霊水と魔石、それにメディナ草の粉末を入れてから、ガーデニアにお願いをする。

「治癒の力を貸してね、ガーデニア」

「きゅるる！」

ガーデニアが小さくなって、ビーカーの中へと飛び込む。同時に、私は魔力を魔石へと込めていく。魔力の影響でゆっくりと中の液体が渦状になっていくと、ガーデニアの姿が消え、代わりにキラキラと瞬きはじめた。

「これは……いけるかも！」

成功の予感に私は震えながら、最後まで気を抜かずに魔力を注いだ。

結果――

「これ……大成功じゃない？」

ビーカーの中の液体が、透明な赤色に変化している。早速それを濾して、液体だけを瓶へと注ぐ。

合計で赤いポーションが五つほどできた。とりあえず四つはポーションポーチへと仕舞う。

「できた……きっと凄いポーションに違いない……たぶん」

ポーションの効能ってどうやって調べるかを私は知らない。

なので師匠が帰ってくるまで、結果はお預けだ。

「ふふふ、師匠驚くかなあ」

なんてニヤニヤしながら、残った一つの赤ポーションの瓶を眺めていると――扉が開いた。

「あ、師匠！　お帰りなさい！」

私の声に反して、師匠の声がなぜか小さい。

「あ、ああ……ただいま……」

なぜか師匠が引き攣った笑みを浮かべている。うーん、なんだか嫌な予感がする。

「えっと、さっきレオンさんが来て……看板をお祝いにとくださって……それに凄いポーションができたんです！」

私がそう説明すると、師匠が、ビクッと身体を震わせた。

「ぽぽぽ、ポーション？　そうか凄いポーションか……凄いなあ……素晴らしいなあ」

どう見ても、挙動不審だ。いつもなら、すぐに飛び付いてくるはずなのに。

「怪しい……また何かやらかしたんですか？」

私がジーっと師匠を見つめていると、あることに気付いた。

「あれ、そういえば師匠、ポーションの素材を買ってくるって話でしたよね？」

見れば師匠は手ぶらだった。

「ああ……それなんだがな」

師匠が背中を丸めたまま、カウンターの中に入ってくる。

うーん、やっぱり様子がおかしい。

「どうしたんですか、師匠」

カウンターの中にある丸椅子に座った師匠が真面目な表情を浮かべ、こう言い放ったのだった。

「——素材を買う金が足りないっ！」

「……はあ？　いやいや……だって素材用のお金は残してあるって、昨日言ってたじゃないですか」

師匠はまるで何かに祈るかのように手を組んで目を閉じた。

「今日、市場に行って驚いたよ。俺の知らない間に、錬金用素材が軒並み高騰していた。ふっ……まさかメディナ草一株すら買えないとはな」

「……高騰？」

「ああ。十倍近く跳ね上がっている。どうも話を聞くと、最近迷宮に〝大変動〟があったそうでな。表層の地図がガラッと塗り変わってしまい、採取専門のギルドも苦労しているのだとか。おかげでメディナ草の供給が需要に追い付かず……結果価格が高騰した」

「え？　でも、ポーション自体はそんなに高くないですよね？」

帝都に着いた時、冒険者気分を味わいたくて、真っ先に買ったものがポーションだった。それはつまり、私でも買えるぐらいに手頃な価格ということだ。

一昨日見た時も価格は変わっていなかった。

「ああ……ポーションの価格はな、国と、冒険者や迷宮を管理する組織——迷宮局が、キッチリ価格を定めているんだよ。だからどんなに材料費が掛かっても……価格は据え置きなんだ」

「えええ？　なんですか、その錬金術師に不利な条件は！　材料費が上がったなら市場価格も上がるのは当然じゃないですか！」

コストが掛かるなら当然価格も上がる。商売に疎い私でも分かる話だ。

「ヒントをやろう。ポーションは誰が買う？　この帝都では誰が、どの層が一番ポーションを買っていると思う？」

「へ？　まあ色々でしょうけど、そりゃあ、一番は冒険者でしょうね……あ、そうか」

「気付いたようだな。そう。冒険者なんだよ」

ポーションの材料を取ってくるのも冒険者。そしてポーションを使うのも冒険者。

なんせ回復魔術を使える人はとても稀少なので、冒険者達は、迷宮攻略中の怪我はポーションで治すのが常識だ。

「だからポーションを高くすると彼らが嫌がるわけだよ。さらにそれによって冒険者の数が減ると余計にポーションの供給も滞る。よって迷宮局や国が、ポーションの販売価格については一律に決めてしまっているんだ。無許可で価格を上げて売ると――厳しい処分を受ける」

「ええ～。それって理不尽ですよ」

「俺もそう思う。そして錬金術師達は皆そう思っている。なんせ俺らが一番割を食うからな。だから昔、錬金術師達が抗議してね。国も渋々例外を認めたんだ。価格は上げたらダメだけど――材料に関しては自分達で調達してもいい、ってな」

「あっ！」

そういえば師匠がこないだそんな話をしていた！

「そう。だから……エリス、準備をしろ」

そう言って師匠が立ち上がった。その顔には決意の表情が浮かんでいる。

あるいは……ヤケクソなのかもしれない。

「あんなもん素直に買っていたら、どう足掻いても赤字だ。だったら……自分達で調達するしかない」

「それってつまり！」

「気はあまり進まないが……迷宮へ素材採取に行くぞ」

「やったあ！」

意外にも早く――私は迷宮へと行くことになったのだった。

第三話　地下に広がる彩りの大地

帝都南区――迷宮（メイズ）局、本部。

そこは巨大な壁の中にある、まるで砦（とりで）か何かのような、厳重な警備が敷かれた物々しい雰囲気の建物だった。だけども、どちらかと言えば外からの侵入者を拒むというより、中から外へと出られなくしているような感じがして、刑務所か何かのような印象を受ける。

その入り口の門では、衛兵によって出入りする全（すべ）ての人が身分証明を求められた。

「――探索免許証または錬金術師資格証を提出してください」

師匠と共に入り口の門の列に並んでいた私の耳に、そんな声が飛び込んで来る。

「し、師匠！　私そんな資格証、持ってませんけど！」

というかまだ錬金術師でもないので、そもそも私は迷宮（メイズ）に入れないのでは？という今更な疑問を師匠にぶつけたのだが――

「心配するな。この間、工房新設の手続きをする時についでにこれを取っておいた」

師匠が一枚のカードを取り出す。それには【錬金術師見習い：エリス・メギストス】と表記されていた。端に小さな石が埋め込んであり、微（かす）かな光を放っている。

あ、そういえばあの時の手続きでこの石に魔力を込めた気がする！

「錬金術師は迷宮へ、最高で二名までを助手として同行させることができる。ただし誰でもいいわけではなく、ちゃんと条件がある。それは、錬金術師によって錬金術師見習いであると申請された者だ。それを証明するのがその【見習い証】だよ。当分は身分証代わりになるから無くすなよ」

し、師匠がちゃんとしてる！

「……おい、なんでそんなに驚いているんだ」

「いやだって、師匠ってポンコツなところあるじゃないですか……てっきり、〝やべえ！　忘れてた！　すまん、留守番しとけ〟とか言い出しそうだったので」

「あのなあ……」

師匠がポリポリと頬を掻いた。だけども、心当たりがありすぎて言い返せない様子だ。

とはいえ、用意してくれたことには感謝しないと。

「師匠、ありがとうございます。大切にします！」

なんて喋っているうちに、私達の順番が来たので――

「ふふん、錬金術師見習いのエリスです！」

「おい、俺より先に出すな――って、まあいいか」

私が貰ったばかりのカードを差し出すと、衛兵さんが微笑みながらそれを受け取った。

「はい、魔力を確認させてもらいますね」

衛兵さんが虫眼鏡に似た魔導具をカードに埋め込まれた石に翳すと、今度は私の手で同じことを繰り返した。

「はい、魔力が一致しました。ジオ様、同行者は彼女だけですか？」

錬金術師資格証を見えるように掲げていた師匠を見て、衛兵さんがそう尋ねた。

「そうだ」

「かしこまりました。それではどうぞ中へ。現在、表層の〝大変動〟によって冒険者達の間にかなりの混乱が生じております。くれぐれもお気を付けて」

「ありがとう」

無事、門を通り抜けた先――大きな建物の前で、沢山の冒険者達がわちゃわちゃと集まって、何やら話し合っている。

「おい、地図はどうなってる？」

「ダメだ。全然役に立たねえ。今回の〝大変動〟は並じゃねえよ」

「北の草原にあるメディナ草の群生地は？」

「森になってたよ。オマケに第二階層以降にしかいないはずのフレイムエイプ共が生息してやがる。さっき採取ギルドの新人パーティが全滅しかけたって聞いたぞ」

「逆に、厄介だったアーマーライノスがいなくなったって噂だぜ」

その横を通り過ぎながら、私は師匠へと気になることを聞いてみた。

「ああ、そういえば師匠、その〝大変動〟ってなんです？」

「ん？　ああ、そうか。エリスは帝都出身じゃないから知らないのも無理はないな。〝大変動〟ってのは、迷宮で不定期に起こる現象でな。迷宮内が文字通り変動するんだよ。一番広くて、行く機会が多い表層で言うと、この間まで山があったところが平原になっていたり、湖だったところに遺跡ができていたり、とまあ変化は様々だ」

「いや、どういう構造なんですかそれ。もはや神話レベルの話ですよ。天変地異というか天地創造というか」

いやというか、山とかあるの？　てっきり全部洞窟みたいなところだと思っていたので、どうやら迷宮（メイズ）は私の想像を遥（はる）かに超えた場所のようだ。

「迷宮（メイズ）については未（いま）だに分かっていないことが多い。とにかく厄介なのは、〝大変動〟が起こると土地ごと変わってしまうから、これまでに採れていたものが急に採れなくなったり、いなかったはずの魔物がいたりすることなんだよ。地図や今までの経験則が役に立たなくなるから、〝大変動〟後は、地図が更新されるまでは皆バタバタしている」

確かに周囲の冒険者達は皆、焦（あせ）っている様子だ。なのに、師匠はなんだか余裕そうだ。

「大変動は確か、七年ぶりだからな。若い冒険者達は戸惑っているだろうさ」

「というか、そんな時に迷宮（メイズ）に入って大丈夫なんですか……？」

冒険者ですら戸惑っているのだ。錬金術師である師匠と私だけでは、危険な気がするのだけども。

「ん？　ああ、まあ大丈夫だろうさ。表層に限っていえば、無茶（むちゃ）をしなければそこまでの危険はない。それに、〝大変動〟も悪いことばかりでもないぞ。これまでになかったレアな素材が見付かる可能性もあるし、手付かずのメディナ草の群生地を発見するチャンスでもある」

「師匠がそう言うなら、そうなんでしょうけど」

「エリスも多少は戦闘の心得があるんだろ？」

「まあ、ありますけど……」

とはいえ、村にいた頃に野生の魔物を討伐していた程度だ。あとから知った話だけど、迷宮(メイズ)内の魔物は野生のものより強く危険らしい。

だから、自分の強さを過信してはいけないのだ。

「ま、メディナ草と魔石の採取だけなら問題ないだろう。俺も伊達(だて)に十年もここで錬金術師をやってないからな」

「おお！　何だか今日は師匠が頼りがいのある人に見えてきました！」

「……今日は、ってなんだよ」

そんな会話をしながら、建物の中に入っていく。その先の広い廊下の各所で、物々しい装備を身に付けた冒険者達が最終チェックを行いながら会話をしていた。

「――ポーションは？」

「予備含め、十分あります」

「食糧と水も詰めました……あと警戒鈴は念の為(ため)に全員分用意してあります」

「変動後で何が起こるか分からん。気を引き締めていくぞ！」

「はい！」

そんな彼らの横を通り過ぎて先に進むと、廊下の奥は大階段となっていて、地下へと続いていた。

きっとあそこから迷宮(メイズ)へと向かうのだろう。

その証拠に、くたびれた様子の冒険者パーティの一団が階段から上がってきた。何人かの冒険者は怪我(けが)しているのか仲間の肩を借りて歩いていて、これから迷宮(メイズ)へと向かおうとする冒険者達に声を掛けていた。

「おい、西側は気を付けろよ。今、ブラックセンチピードが大量発生しているらしいぞ。解毒薬ないなら行かない方がいい」

「毒か……厄介だな。情報感謝する」

私達はなぜかチラチラと冒険者達から視線を向けられるが、師匠は気にせずズンズン階段を下りていく。左右に松明(たいまつ)があるので暗くはないが、階段を下るたびに空気が冷たくなっていっている気がした。

大階段は地の底まで続いているのではと錯覚するほどに長い。

「これ……帰りは大変そうですね。迷宮(メイズ)探索で体力を使い果たしていたらとてもじゃないけど、上り切れない気がします」

「だから、大体の冒険者は探索終わってもすぐに地上には戻らず、まず身体を休ませる。特に中層や深層にまで遠征した冒険者は表層で身体を慣らさないと、魔素不足にやられるしな」

「へえ」

「まあ、中にはすぐに帰還するタフな奴(やつ)もいるが」

「でもすぐに戻らないなら、どこで休むんです？」

迷宮(メイズ)内でそんな休める場所なんてあるんだろうか。そんな私の疑問に、師匠がニヤリと笑いながら答えた。

「行けば分かるさ。ほら、もうすぐ着くぞ」

師匠のその言葉の通り、ついに階段の終端が見えた。そこは仄かに明るく、微かに風を感じる。

最後の一段をぴょんと下りて、私はその先に佇む巨大な門をくぐり抜けた。

その先には——

「うわあああ！　綺麗……！」

緑の大地が広がっていた。

どうやらその門は迷宮の南端の、崖の中腹にあるらしく、おかげで遥か先まで見渡せた。端が霞んで見えないぐらいにそこは広く、右の方には丘陵地帯、左には草原、崖の下にはなんと集落らしきものがあり、そして上を見れば——空があった。

「……え？　いやなんで、地下にこんな広い空間が？　そもそもなんで——空が？」

そんな私の疑問に、師匠がおどけた口調で答えた。

「なぜならここが迷宮だからさ。さあ、まずは麓の〝冒険者街〟で準備をしよう」

そう言って、師匠は下へと続く崖沿いの道を進んでいく。

その緩やかな道を私達が下っていると、下から上がってくる冒険者達とすれ違った。笑顔の者もいれば、悲しみに沈む者もいた。悲喜交々な表情の冒険者達が通り過ぎていく。

道を下っているのは私達だけで、何となく寂しいので師匠を観察する。

師匠は私のよりも二回りほど大きなリュックを背負っているが、荷物はその程度だ。調理用のナイフを腰に差しているけど、あれでは魔物は討伐できないだろう。かといって魔術師が持つような杖もない。

その代わりに、身体の各部に銀製の防具を装着している。

あれは、私が銀を素材に精霊錬金で生成した〝精霊銀〟を元に師匠が作り上げたもので、それはまさに師匠にしか扱えない武器へと変貌していた。

動くところを見るのが楽しみだなあ……。

一方、私は腰にポーションポーチと、ハクテンを融合させたあの雷属性のナイフを装備していた。

グリップも柄も付けてもらったので、ナイフとしては申し分ないできになっている。

「しかし、他の冒険者達は結構重装なのに、私達はこんな身軽でいいんですかね？」

今思えば、ここに来るまでに感じた冒険者達からの視線は、私達が迷宮に挑むにはあまりに軽装すぎるからかもしれない。

「そもそも錬金術師は、基本的に戦いに向かないからな」

師匠が何とも含みのある感じでそう言って、ニヤリと笑ったのだった。

「それよりもエリス、そろそろ精霊を召喚しておけ。この辺りは魔素が地上並みにしかないので、魔物はほぼ現れない安全地帯だが……一応用心の為だ」

「はーい！」

私は待ってましたとばかりに魔法陣を描き、精霊を召喚する。

「おいで、クイナ」

「きゅー！」

クイナがいつもの特等席である私の肩に止まる。

「風属性の精霊だったな」

「移動に便利ですから」

「風のマナが渦巻いているのがよく見えるよ」

「師匠、それどうやって見ているんです？」

精霊の力なんて普通は見えないはずなのに。

「魔力視を鍛えているおかげさ。エリスにもそのうち教えるよ。錬金術師に必須の技術だからな」

「へー！」

「まあ、多分エリスならすぐに習得できるさ。なんせ丁度良い練習相手がすぐ傍にいる」

そう言って、師匠がクイナの頭をふわりと撫でた。

その時。私は道の向こうに広がる空から、黒い豆粒のような何かがこちらにやってくるのが見えた。

「師匠。あれ、なんでしょう？」

「ん？　あれは……」

それはどんどん大きくなっている。つまり――恐ろしい程の速度でこちらへと向かって来ているということだ。

「……ッ！　ま、魔物だあああ！」

「ちっ！　お前ら戦闘に備えろ！」

そんな声が下から聞こえてくる。それは道を上がってくる、くたびれた冒険者の一団からであり、その顔には絶望が浮かんでいた。

「馬鹿(ばか)な、ここは安全地帯だぞ！」

師匠も驚きながら、空を注視する。その黒点はやがて見覚えのある形になり、上昇。

空高く舞いあがったそれは――その勢いのまま、こちらへと降ってきた。

「あっ」

それが私の声なのか、師匠の声なのかも分からない。だけどもその声と同時に――黒いソレが私達の前方に着弾、冒険者達が衝撃と共に吹き飛んだ。

「うわああ？」

「くそ、なんでこんなところに！」

それは一体だけではなかった。最初に落ちてきた奴の後を追うように、次々と黒い物体が空から突撃してくる。

それらが落ちてきた衝撃で、大きな石の破片がこちらへと飛んでくる。すると師匠が私を庇(かば)うように前に出ると、右手を差し出した。

「――〝溶解せよ〟」

師匠の詠唱と共に、魔力が全身の防具へと注(そそ)がれた。するとそれらがドロリと溶けて、師匠の前方で再び融合。みるみるうちにそれは銀色の鎧(よろい)を纏(まと)った騎士の姿へと変化していく。

師匠の防具に使った精霊銀には〝騎士の精霊、ハルト〟を融合させていて、金の属性が宿っている。それを師匠の固有錬金術である【黒山羊（くろやぎ）の両腕（りょううで）】の力、〝溶解〟によって液体状にし、中に宿る精霊の力で騎士の形へと変形させたのだ。

これによって師匠は銀製の騎士を再現させることに成功した。銀騎士は師匠の意のままに動く人形のようなもので、冒険者を雇わずとも護衛として使える。

理論的に可能だと分かっていても、こうして直（じか）に見るとやはり凄（すご）い。

「おー！」

師匠が操（あやつ）る銀騎士が右手を大盾に変化させて、石の破片と衝撃波を防ぐ。

「エリス、あの冒険者達を助けるぞ！」

師匠がそう言って、銀騎士の左手を剣状に変化させ、前方にいる魔物の群れを睨（にら）んだ。その周囲には冒険者達が倒れており、呻（うめ）き声を上げている。

「あの魔物はなんですか？」

「ウイングブルだ！　本来なら大人しい魔物のはずなのに、なんでこんなところにいやがる」

その魔物は一見すると黒い牛だった。だけども、その背中には名前の通り翼が生えていて、額には一本の尖（とが）った角。それは伝説上の生き物であるペガサスによく似た姿だ。

まあ、ペガサスよりはもっとずんぐりむっくりしているけれど、その分なんというかパワフルそうな見た目だ。

「ブモオオ！」

ウイングブル達が、興奮した様子で私達へと視線を向けた。

その目を見た時。

私はなぜか――怯えているなと感じてしまった。なぜかは分からない、けど確かにそう感じてしまったのだった。

それと同時に、クイナが何やら私に囁いてくる。

「きゅきゅ」

「え？　女の子？」

すると、〝助けて〟というか細い声が風に乗って聞こえてきた。そのおかげで私は、ウイングブルの群れの向こうで怯えて尻餅をついている一人の少女の存在に気付いた。

見たところ倒れている冒険者達の仲間ではなさそうだが、一体のウイングブルが彼女へとその角を向けている。

しかし師匠はウイングブルと銀騎士の大盾に視界を遮られて、彼女の存在に気付いている様子はない。

「エリス、俺が引き付けている間に倒れている連中を――っておい！」

私は指示を待たずにクイナの力で風を纏い、地面を蹴った。師匠を置き去りに、加速する。

風を切り裂き、あっという間にウイングブルの群れに迫ると跳躍し――群れを飛び越えて、今まさに角を少女へと突き立てようと突撃するウイングブルの背中へと着地。

「てい！」

腰からナイフを抜くと魔力を込め、そのまま右手を一閃。

紫電が走る。

「ブモ？」

澄んだ音と共に、ウイングブルの角が斬り飛ばされた。

なぜか急に大人しくなったウイングブルの背から素早く地面へと降り、尻餅をついたままの少女へと手を伸ばす。

「掴まって！」

「う、うん！」

私はそのままクイナの力で、掴んだ少女の身体ごと風に乗せて跳躍。

「きゃあああああ⁉」

少女の悲鳴と共に宙を舞い、元いた位置へ戻る。

その間に銀騎士が残りのウイングブルの角を的確に狙って斬り落としていく。それには速さや鋭さはないものの、無駄もなく堅実な動きだった。

すると、角を斬られたウイングブル達は先ほどと同じように大人しくなると、弱々しい鳴き声と共に翼をはためかせて、空へと逃げていった。

「あれ、逃げた」

「エリス……あのなあ」

師匠が銀騎士を再び防具の姿に戻しながら私を睨み付けた。私が指示を聞かずに飛び出したことに怒っている様子だ。

「と、とりあえず、怪我人の介抱が先では？」

怒られる前に、私が慌てて倒れている冒険者達へと駆け寄った。

「大丈夫ですか？」

「俺より、団長を……！」

冒険者の一人が指差した先。そこには、血溜まりができつつあった。

「これは……マズいな」

師匠と共に、その団長と呼ばれた人の下へと駆け寄るも、その人は見るからに重傷だった。腹部を覆っていた防具をウイングブルの角が貫通したのか、お腹に大穴が空いている。

「く……そ……俺としたことが……油断した」

大怪我を負った壮年の男性——団長さんが呻く。如何にも歴戦の冒険者という雰囲気だが、出血が多いせいか、顔色がドンドン悪くなっていく。

「動ける奴はすぐに下に行って、治療師を呼んでこい！」

師匠が怒鳴ると、一人の冒険者が慌てて道を下っていく。

「師匠、ポーションは？」

私がポーションポーチから、ポーションを取り出す。

「これほどの傷はポーションでは無理だ。それこそ、伝説にあるハイポーションでもない限りな」

「そうなんですか……って、あ！」

私はそこでようやく気付いた。このポーションポーチに入っているの、全部私が作った赤ポーションだ！

「エリス、なんだその赤いのは」

師匠がそれに気付き、怪訝そうな顔をする。

「あ、いやこれは！　精霊水と癒やしの精霊で作ったやつで……間違えて持ってきてしまって！すみません！」

「……っ！　ちょっと貸せ」

師匠が何かに気付き、私から赤ポーションを受け取ると、少しだけ自分の右手へと掛けた。

よく見れば、先ほどの戦闘のせいか、師匠の手の甲には擦り傷があった。しかし、その傷にポーションが掛かった瞬間、微かにポーションが瞬くと同時に、あっという間にその傷が塞がった。

「馬鹿な……」

師匠が驚きの表情を浮かべた。それから数秒悩んだ後に、団長さんへと声を掛ける。

「あんた、助かりたいか。このままだと治療師が到着する前に死んでしまう可能性が高い」

「……そう……だな。この傷じゃ……たぶん死ぬ……だろうな」

「賭けになるが……あんたを救う方法が一つだけある。どうする？」

師匠の言葉に、団長さんが無理矢理に笑みを浮かべた。

「かはは……こちとら冒険者を……四十年やってるんだぜ……分の悪い賭けは嫌いじゃねえよ……好きにやってくれ……失敗しても恨みはしねえよ」

「分かった。エリス、そのポーションを全部傷口にぶっかけろ！」

「へ？　でも、これはまだ……」

「早く！」

「はい！」

私は言われた通りに、残りの赤ポーションを全てその傷へとかけた。すると精霊錬金の時と似た、キラキラとした光が発生する。

「……マジかよ」

誰が言ったのかは分からない。でも、それはその場にいた全員の心の声だった。

なぜなら——あれだけ大きかった傷がもう塞がっていたのだ。

「なんだこりゃあ……おい、なんだそのポーション！　もう全然痛くないぞ！」

さっきまで死にそうだった団長さんがガバリと起き上がり、信じられないとばかりに師匠と私へと視線を向けた。

「痛みがなくなった？」

「その通りだ。何ならさっきより元気だぜ！」

団長さんが嬉しそうに両腕に力こぶを作った。

そんな彼の様子を見て、部下の皆さんが次々に口を開く。

「信じられねえ……どうなってやがる。土手っ腹に風穴が空いてたっていうのに……」

「ポーションってあんな大怪我にも効くんだっけ」

「馬鹿言え、かすり傷だって治すのに十分は掛かるぞ」

そんな言葉を聞きながらも、師匠は黙りこくっていた。

「見たところ、あんたら錬金術師みたいだが……今のポーションはなんだ？」

団長さんがそう聞いてくるので、私はどうすべきかを師匠へと仰ぐべく目配せをする。

「……今のはポーションじゃない」

「じゃあ、なんなんだ。あんなもん、俺は初めて見るぞ」

「あれは……ハイポーションだ」

その言葉に、団長さんが目を見開いた。

「馬鹿な。あれはただの噂話、与太話の類いだろ」

「だが、あんたの怪我は治った。噂通りにな」

「それは……確かに。あんたが作ったのか」

そう聞かれた師匠が首を横に振って否定した。

「いや、俺の愛弟子さ」

師匠がそう言って、私の肩へと手を置いた。

「ほんとかよ……こんな若い子がこれを作ったのか。じゃあ、あんたが俺の命の恩人ってことになるな。俺は、冒険者ギルド【ガーランド旅団】のガーランドだ」

そう言って、団長さんもとい、ガーランドさんが分厚い右手を差し出した。

「えっと、【エリス工房】のエリスです。と言ってもまだ見習いでして」

私も自己紹介しつつ、その手を握った。

「エリスか。良い名だな！　見習いでこんな凄いものを作れるなんて、天才じゃないか。それとも師匠の教えがいいのか？」

ガーランドがニヤリと師匠へと笑いかけた。

「彼女の実力だよ。俺はジオ。しがない錬金術師さ」

「エリスに、ジオか。いずれにせよ、世話になった。所属は【エリス工房】だったな？　ハイポーションはそこに行けば買えるのか？」

「まだ非売品だがね。まあそのうち売り出すつもりだ」

「そうか。ならばその暁には言い値で買わせてもらう。ハイポーションにはそれだけの価値があるからな。それに今後は、道具はそちらで調達しよう――俺は義理堅い男なんでな。よし、お前ら、引き揚げるぞ！」

ガーランドさんがそう声を上げると、部下の人達がキビキビと動きはじめた。

彼らは次々と私の下へとやってきてはお礼を告げていく。

「エリスちゃんありがとうな！　団長は俺達にとって親みたいなもんでさ。助けてくれて感謝しているよ！」

「工房に今度行くよ！　あのハイポーションがあったら、魔物なんて怖くないぜ！」

「お、俺も工房に行くぞ！」

「あ、ありがとうございます！　是非来てくださいね！」

私が笑顔でそう答えると、皆、嬉しそうな表情を浮かべた。

「がはは！　俺の部下も骨抜きだな、こりゃあ。ではまた会おう、エリスにジオ！」

そう言って、ガーランドさん達が去って行った。

「ふう、皆さん元気になって良かったです」

「ああ。それに【ガーランド旅団】といえばランクこそCと中堅だが、大所帯で評判の良いギルドだ。いきなり上客を捕まえたな」

「そうなんですか？」

「大所帯ということは、それだけ道具やポーションに金を掛けているからな。それよりも……あのハイポーション、よく作ったし、よく持ってきたな。詳しい話はあとで聞くが、エリスは偉業を成し遂げたんだぞ。まさかハイポーションを作るとは思わなかったよ……流石だ」

「確かに効果は凄かったけども……えへへ、作って良かったです」

なんて私が褒められたのが嬉しくてニヤニヤしていると――

「あ、の……」

その声で私はようやく、助けた少女のことを思い出した。

振り向くと、少女は不安そうな顔で立ったまま、私と師匠を交互に見つめていた。

「あー！　ごめんね！　さっきの騒ぎですっかり忘れてた！　君は大丈夫？　怪我はない？　ポーションは……ああ、全部さっき使っちゃった」

「だ、大丈夫！　あ、あの……お姉ちゃん、助けてくれてありがとう……」

少女がモジモジしながらそうお礼を言ってきた。金髪のフワフワの髪の毛といい、なんだか羊みたいな子だなあという印象を受けた。

少し中性的だが、声と胸の膨らみからして女の子で間違いないだろう。幼いが随分と可愛(かわい)らしい顔をしている。

「聞いていたと思うけど、私はエリス、見習い錬金術師だよ」

「俺はジオだ。しかし君は？　ここにいるってことは冒険者か錬金術師か、エリスみたいな見習いだろうが、ガーランドの部下じゃないのか？」

「違うよ……僕は……ウル。ガイド専門の冒険者だよ」

そう言って、その羊みたいな少女――ウルは赤面しながら、私達を見上げたのだった

＊＊＊

色々あったけども、私と師匠はウルちゃんを連れて予定通りに道を下っていく。

「ウルちゃん、地上に帰るつもりで道を上がってたんじゃないの？」

そう私が聞くと、ウルちゃんはふるふると首を横に振って否定する。

「違う……変な雰囲気がしたから見に来ただけ……そしたらウイングブルが……」

「変な雰囲気？」

「ウルはガイドだからな。そういう変化には敏感なんだ」

師匠がそう言うので、私は何となく聞きそびれていたことを口にした。

「ところでガイドってなんです？」

ウルちゃんは、ガイド専門の冒険者だと名乗ったが、それが何を意味するのかさっぱり分からなかった。というか彼女はどう見ても十代前半だし、戦闘能力もないように見える。

なのに、冒険者をやれているということは、何かしらの能力があるとは思うのだけども。

そんな私の疑問に、彼女が答えた。

「ガイドは……この迷宮表層の案内を主とする冒険者のことだよ」

「案内？　それだけ？」

私は思わずそう聞き返してしまった。

「それだけと言うけどな、大変な仕事なんだぞ。才能もいるしな。この年でやれているのは大したもんだよ。表層は広い上に〝大変動〟ほどではないが、日々少しずつ変わっているんだ。だから錬金術師のような、たまにしか来ない連中にとっては、ガイドは必須なんだよ。今回だって冒険者街でガイドを雇うつもりだったしな」

「そ、そうなんですか！　ごめんね、ウルちゃん！」

私がウルちゃんに平謝りするも、ウルちゃんは顔を赤面させて手をパタパタさせた。

「だ、大丈夫！　でも、エリスお姉ちゃんもジオも錬金術師なんだね……あんなに強いのに」

ウルちゃんが私と師匠を感心するように見つめた。うーん、なんだか照れる。

「えへへ～、まあ師匠の銀騎士があれだけ動けるのは意外でしたけど」

「飛んでいないウイングブルなら、対処できるさ。角さえ斬ればあいつらは大人しくなって逃げるからな」

「へー」

「へーって……エリスも分かっていて角を斬ったんじゃないのか？」

「たまたま斬りやすそうなのが角だったから」

「……さよか」

師匠がなぜか呆れたような表情を浮かべている。

結果としてウルちゃんを助けられたから、いいでしょ！

「それにウイングブルの角は……錬金術の素材になる。高く売れるんだよ、エリスお姉ちゃん」

「あー、だからさっき師匠が拾い集めていたんですね」

師匠があの場を離れる前にせっせと角を拾い集めていたのを不思議に思っていたが、そういう理由だったとは。

「地上で一本買おうと思うとかなり高いからな。拾うに決まっているさ」

「でも、変。ウイングブルは西にしか生息していないのに……なんでここまで来たんだろ」

ウルちゃんが難しそうな顔をする。

「飛ぶんだし、たまたまじゃない？」

「ここは魔素が薄いから、魔物は自分からは近付かないよ。ウイングブルを惹きつける何かがここにあったか……それとも――」

「――何かにあそこまで追い立てられたか、だろ」

師匠がウルちゃんの言葉の続きを口にした。

「うん。でも、やっぱり分からない」

「〝大変動〟後だしな。何が起こるか、あるいは起こっているかは中々に予測しづらい」

「今回は……特に。ガイドのみんなも戸惑ってる」

「そうか。なあ、ウル。これも何かの縁だ、俺達のガイドになってくれないか？　とりあえず魔石とメディナ草だけでいいんだが」

師匠がそう言うと、ウルちゃんが小さく頷いた。

「お礼……したいから」

「おー！　改めてよろしくね、ウルちゃん！」

「うん！」

私は思わずフワフワの金髪を撫でてしまう。何というか小動物みたいで可愛い。

なぜか肩に止まっているクイナがそっぽを向いているが、どうしたんだろうか。

「きゅう」

クイナがそんな可愛らしい鳴き声と共に頬にすり寄ってきたので、そのフワフワの頭を撫でる。

どうやら拗ねていたらしい。まったく……この、可愛いやつめ！

「さて。となると、冒険者街での準備もさほど必要はなくなったな。ガイドがいるなら地図もいらんし」

「地図は全然更新が進んでないから、今買っても無駄だよ。高いだけ」

「だろうな。だからウル、頼んだぞ」

「うん。任せて。ある程度の土地勘はもうあるから」

ウルちゃんが笑顔でそう力強く頷いた。

「よし、そろそろ冒険者街だ」

師匠が言うように、道を下りた先には、あの中腹から見えていた集落があった。そこは何というか、開拓地にできた街のような雰囲気があり、荒々しさがありながらも活気と熱気に溢(あふ)れていた。

そこかしこで露店や屋台が開かれていて、美味(おい)しそうな匂(にお)いを漂わせる料理や、素材やアイテムが売っていた。

「うわー、凄いですねえ！」

「ここは、歴代の冒険者達がコツコツと築き上げてきた街なんだよ。これから迷宮(メイズ)に向かう者には、武器やアイテムを売る店があり、探索や攻略で疲れ果てた者には、休む為の施設や食事処(どころ)が用意されている。冒険者達から素材やアイテム、戦利品を買い取ってこの街や地上で転売することを専門とする冒険者ギルドもあるぐらいだ」

「何だか楽しそうですね！」

屋台で串焼き肉を売っているのを見て、私は思わず声を上げてしまう。

「採取が終わったら、見て回ってから帰ろう」

「はーい！」

私がそう返事している間にも師匠はズンズンと街の中を進んでいき、中央広場の一角にある建物の中へと入っていく。

そこには【冒険者(ぼうけんしゃ)の館(やかた)】という看板が掲げてあった。

その中は一見すると酒場のようで、師匠がカウンターの中に立つ受付の女性と話しながら、ウルちゃんを指差した。

「あの子をガイドとして雇いたいんだが」

「あら、ジオじゃない。久しぶりなのに、相変わらず素っ気ないわね」

年齢不詳なその女性の親しげな様子を見るに、どうやら顔見知りのようだ。

更に彼女は目敏(めざと)く私を見付けて、目を丸くする。

「あら？　あらあらあら？　可愛い精霊を連れているその子は……？」

「……俺の弟子だ」

師匠が面倒臭そうにそう紹介するので、私はその女性に笑顔を向け元気よく答えた。

「ジオさんの弟子のエリスです！　錬金術師見習いです！」

「あら！　私はこの館で受付嬢をやっているミリアよ。よろしくね、エリスちゃん」

そう言って、ミリアさんが私の手を握るとブンブンと縦に振った。なんというか豪快な女性だが、その両手には無数の傷跡がびっしりと残っており、見れば腰には使い込まれた剣が差してあった。

そりゃそうだ。ここは迷宮(メイズ)なのだから――彼女もまた冒険者なのだろう。

「あのジオがこんな可愛い女の子を弟子に、ねえ……ふーん」

ニヤニヤするミリアさんを見て師匠が嫌そうな表情を浮かべ、こう言い放った。

「何が受付嬢だよ。そんな年でもねえだろ、お前」

「……ぶっ殺すわよ」

師匠の余計な一言のせいで、私とウルちゃんが一瞬飛び上がってしまうほどの殺気がミリアさんから放たれた。

「冗談だよ。とりあえずウルとガイド契約するから、契約書をくれ。あとポーションを六本」

「はいはい。でも珍しいわねえ。あのウルがガイドを受けるなんて」

師匠が何やら紙に記入している間、ミリアさんが私の背中の後ろに隠れているウルちゃんへと視線を向けた。

「その子、ガイドとしてはとっても優秀なんだけど、好き嫌いが激しいのよねえ。こないだもSランクギルドのガイド依頼断ったし」

ミリアさんの言葉を聞き、ウルちゃんが小さな声で謝罪する。

「ご、ごめんなさい……」

「ふふふ、いいのよ。ガイドには相手を選ぶ権利があるから。なんせガイドは基本的にその身の安全を依頼主の冒険者に託すことになるからね。その仲介をするのが、私の仕事の一つ」

ミリアさんがそう言って微笑む。どうやらここはそういう場所らしい。

中を見れば、確かに冒険者達とガイドと思わしき人が何やら交渉を行っている。

「ウル、条件は後払いのでき高制でいいか？　不服なら変えるが」

「それで大丈夫だよ」

「なら、サインと魔力を」

師匠が契約書をウルちゃんに渡すと、彼女は慣れた手付きでスルスルとサインを書き、契約書の隅に押されていた魔術印へと魔力を込めた。師匠の分は既にされてあるので、彼女はそれをミリアさんへと渡す。

「はい、契約完了ね。ジオは良く知っていると思うけど、今回の探索は最長二日で、それ以上経過して帰還が確認できない場合は、自動的に契約期間が延長、同時に捜索隊も出動するから――気を付けてね」

「分かってるよ。メディィナ草と魔石だけだから一日もかからないさ」

「だといいけど」

どうもガイドの契約期間を過ぎると延長料金が発生し、更に捜索隊が出動するのでその分の費用を後から請求されるらしい。

「それと、はい、ポーション」

「やはり買うと高いな」

「文句あるなら自分で作りなさい」

「それができないからここにいるんだろうが」

ミリアさんからポーションを受け取った師匠が、二本ずつ私とウルちゃんへと渡した。当然タダではないのだが、ポーションなしで探索するのは自殺行為だ。私のはさっき使っちゃったしね。

「よし、契約も交わしたし――」

そう師匠が言うので、

「――早速行きましょう！……ってあれ？」

てっきり出発するのかと思ったら、近くのテーブルでウルちゃんが鞄（かばん）から取り出した地図を広げだした。師匠もそれを見つめ、とある場所を指差す。

私も横から覗（のぞ）き込むと、その地図は白紙部分が多い未完成の地図だった。師匠が指しているのはこの集落から北にある白紙の部分だ。

「ここはどうなっている？　前は良質なメディナ草が採れたが」

「荒原になっているって今朝（けさ）情報があったよ。多分、メディナ草なら西側の方が見付かる可能性は高いと思う。数日前から昆虫系の魔物が大量発生しているから、地図師（マッパー）もまだ見付けていないポイントがあるんじゃないかな。それにメディナ草を主食とするウイングブルの群れの目撃情報もある」

「そうか。それなら可能性は十分にあるな。だが昆虫系の魔物は遭遇したら厄介だぞ。魔石の質はいいが、魔獣系よりも危険だ」

「大丈夫。僕なら見付からないルートを探せるし、万が一接敵してもジオやエリスお姉ちゃんの感じなら問題ない」

「ほう、やはり俺達の戦闘をちゃんと見ていたんだな」

「うん。あとは現地で説明する方が早いかな。気になることもあるし」

「素晴らしい」

私を置いてけぼりで、どんどん話が進んでいく。ウルちゃんも堂々と喋っていて、なんだか凄い。

どうやら優秀なガイドというミリアさんの言葉に偽りはないようだ。

「よし。エリス、ウル、行くぞ」

「はい！」

私は元気よく返事して、師匠とウルちゃんと共に、出発したのだった。

初めての迷宮(メイズ)探索、ドキドキしてきた！

第四話　遺跡林の戦い

私達は西へと出発するべく【冒険者の館】を出て、冒険者街の東、西、北にある門のうちの西門へと向かった。

「西門の向こうは草原になっていて、出る魔物も大したことないよ。でもその先に新たに出現した遺跡林はかなり厄介みたいだから、とりあえずその手前ぐらいまではのんびりいけると思う」

ウルちゃんの説明を聞き、師匠が頷く。

「そうだな。できれば弱い魔物を狩って魔石も集めたいところだ」

「うん。遺跡林は昆虫系の魔物が多いから魔石集めは大変だと思う」

なんて相談し合っている師匠達。

手持ち無沙汰な私は、周囲を見回すと――どこかで聞いた声が響いてくる。

「はあ……他ギルドの捜索するのはいいけど、私とラギオまで出る必要はある？」

「Bランクの実力がありながら、表層近くで行方不明という点が解せない。調査は万全ですべきだろう」

「仕方ないわね。局長の依頼でなかったら絶対に蹴ってたわ」

そんな会話を、紫髪の美女と銀髪の青年が行っていた。美女は手に金属製の杖を持っており、青年は赤く染まった竜の紋章が刻まれている鎧と、長さの違う二本の剣を装備している。

あれは――

「……おや？　君は確か」

銀髪の青年が私の視線に気付いた。同時に、隣の美女が意外そうな表情を浮かべた。

「……誰かと思えば。あんた、冒険者になったの？」

「エリス……だったか」

それは、私が採用面接をした時に出会った、Sランクギルド【赤き翼】のリーダーのラギオさんと、その右腕であるメラルダさんだ。

まさかこんなところで出会うなんて。

「ど、どうも……」

「……見たところ、冒険者ではなさそうだが」

私と師匠、それにウルちゃんを見て、ラギオさんがそう判断した。

「あ、錬金術師見習いになりました」

その言葉を聞いて、メラルダさんがなぜか苦々しい表情で口を開く。

「錬金術師、ねえ。錬金術師なんかになってまで、こんなところに来るなんて物好きが過ぎるわ。そんな装備とガイドだけでどこ行くか知らないけど、冒険者に迷惑が掛からないように大人しく草原で遊んでなさい――行きましょ、ラギオ。さっさと終わらせて上に帰るわよ」

そう言ってメラルダさんが西門から先へと進んでいく。

うーん、なぜかメラルダさんは妙に錬金術師に対する風当たりが強い気がする。

「全くアイツは……重ね重ね非礼を詫びよう、すまんな。悪い奴では決してないんだが……とにかく、ここまで来た以上は頑張るといい、エリス。では、またな」

ラギオさんはそう言うと、そのまま部下達に指示を出しながらメラルダさんの後を追う。

メラルダさんに比べラギオさんは大人だなあ……。

「知り合いか？」

「いえ。前に少し話をしただけです」

「そうか。錬金術師を見下している冒険者は多い。あまり気にしない方がいい」

師匠がそう言って、ポンと私の肩を叩いた。

「はーい」

「あの女の人、嫌い……。でも多分凄く強い」

ウルちゃんが既に小さくなったメラルダさんの背中を見てポツリと呟いた。

「だな。ありゃあ相当腕の良い魔術師だ。それにあの青年もかなり強いな。喧嘩するには少々相手が悪い」

「別に喧嘩はしませんよ！」

「分かってるよ。さあ、俺達は俺達のペースでいこう」

「はい！」

ウルちゃんを先頭に、私達は西門から外へと一歩踏み出したのだった。

＊＊＊

冒険者街の西方――〝魔獣平原〟

「エリス、そっちに一匹行ったぞ！」

師匠の言葉と同時に、背の低い草藪から一匹の魔物――キバウサギが飛び出てくる。

見た目はウサギと同じで可愛いけども、口からは名前の通り、鋭く長い湾曲した牙を覗かせている。この魔物は地上にも多数生息していて、私の村でもお馴染みの魔物だ。

そのつぶらな瞳にはしかし確かな殺意があり、私へと飛び掛かってくる。

こいつ、やっぱり全然可愛くない！

「とりゃ‼」

私は右手のナイフを一閃。

「ぴぎゃ」

飛び掛かってきたキバウサギを斬りつつ、飛び散る血をクイナの力で周囲へと吹き飛ばす。

「エリスお姉ちゃん、流石だね」

待機していたウルちゃんが駆け寄ってきて、手慣れた手付きで今仕留めたキバウサギを解体しはじめた。

心臓の近くにある黒い小さな石――魔石を取り出し、私へと渡してくれる。

「地上のやつより大きいねえ」

故郷にいた時に狩ったキバウサギの魔石はもっと小さくて小指の爪(つめ)ぐらいの大きさしかなかった。

でも、この魔石はソレよりも二回りは大きいように見える。

魔石は錬金術には欠かせない素材なだけに、その需要は高い。

私はそれをポーチへと大事にしまった。

「迷宮(メイズ)は空気中の魔素濃度が高いから、それだけ魔物の体内の魔石も大きくなるんだよ。その代わり、地上の魔物よりずっと手強(てごわ)く凶暴になるけどね」

「確かにこのキバウサギ、身体が大きいもんねえ」

「だから地上の魔物に慣れた冒険者ほど怪我(けが)しやすいから、エリスお姉ちゃんも気を付けてね」

「うん！　ありがとう」

ま、この程度の魔物になら後れを取らないけどね！

「魔石は取ったけど、あと取るのは肉と皮と牙だけでいいんだよね？」

「うん。肉と皮はあとで抽出に使って魔素水を作るんだって。で、残った素材は売るとか」

「魔素水は色んな道具の素材になるもんね」

流石、ウルちゃん。優秀なガイドなだけあって錬金術の知識も持ち合わせているようだった。

うーん、知識面でも負けている気がするな、私……。

頑張らないと！

「うっし、それで五匹目か。ちと魔石が小粒だが、まあ問題ないだろう」

師匠が四匹のキバウサギの死体を持ってやってきた。

銀騎士がいるとはいえ、一人で四匹とは師匠やるなあ。

「それも解体するね」

ウルちゃんが師匠の仕留めたキバウサギも手早く解体していくので、私はしゃがんでそれを観察する。

彼女が、取り分けた肉と皮へと何か魔術を掛けているが、あれはなんだろう。

私が興味深そうに見ていると師匠が説明してくれた。

「簡易の保存魔術だよ。保存期間が短い代わりに、誰にでも使えるぐらいに簡素化された魔術で、ガイドや採取専門の冒険者には必須のやつだ」

「ほうほう！　便利そうですねえ」

私が感心している間にウルちゃんが作業を終わらせ、それらを背負っていたリュックにしまった。

「終わったよ」

「よし、そろそろ行くか」

師匠の号令で、私とウルちゃんが頷き合って立ち上がる。

少し進むと、草原の向こうにまばらに木が生えているのが見えた。

その木々の間に朽ちた遺跡があった。

「あれが遺跡林か」

「……着いたらまずはキャンプができそうな場所を探すね。拠点があった方が色々楽だし」

「ウルに任せるよ」

「分かった。ついてきて」

ウルちゃんが進みはじめた。

ちっちゃい身体を素早く動かし、なおかつ物音を立てない姿は流石といったところだ。

遺跡林に辿り着くと、キャンプできそうな場所を探すべく慎重に進んでいく。そこは高い木ばかりで、地面には草一つ生えていない。あるのは、木と崩れた遺跡やその跡だけだ。

なんだか歪な植生で、地上の野山と違って不気味なぐらいに静かだ。

生命の気配を感じないと言ってもいい。

「なんか、嫌な感じですね」

「ああ。ウル、どう思う」

師匠の言葉に、ウルちゃんが首を横に振った。

「……あんまり良くない」

ウルちゃんがしきりに立ち止まっては周囲を警戒し、また進むを繰り返していた。

緊迫した雰囲気が漂っているが、今のところ魔物が出てくる気配はない。

「やっぱりおかしい。ここまで来て、魔物に遭遇しないなんて。昆虫系が大量発生しているって情報は嘘だった……？」

「遭遇しない方がいいんじゃや？」

私がそう聞くと、師匠が首を横に振った。

「そうとも限らない。普段は魔物がいる場所で、それに遭遇しないってことは――想定外の何かが起こっているってことだ。そしてそういう時の迷宮が一番危険なんだ」

「あっ……ウイングブルの足跡がある。それにフンも」

ウルちゃんがそう言ってしゃがんだ。見れば確かに複数の足跡とフンらしきものがある。

「うん。やっぱりメディナ草がどこかに生えているはず。ウイングブルは食事以外の目的で地上を歩くことはそんなにないから」

「なるほど。足跡を逆走すればいいな。足跡もフンも比較的新しい」

「うん。たぶんメディナ草を食べたあとにここまで移動してきて排泄したんだと思う」

ウルちゃんの言葉に師匠が頷き、足跡を逆走していく。

その先には大きめの遺跡があり、その端にぽっかりと洞窟が口を開けていた。

ウイングブルの足跡はそこから続いている。

「洞窟？　メディナ草は光のないところでは育たないはずだが」

師匠の疑問にウルちゃんが頷いた。

「だね。最大限に警戒して行ってみよう」

「分かった。銀騎士を先行させる」

師匠が銀騎士を生成し、洞窟の中へと進ませた。

その後を師匠、ウルちゃん、最後に私、の順で追う。

洞窟の中は暗いので、私は火の精霊であるサラマンを召喚し、その尻尾の光で周囲を照らした。

「ありがとう、エリスお姉ちゃん」

「これぐらいでしか、お役に立てないからね」

なんて会話していると師匠が手を挙げ、私達を制した。

「シッ！　何か聞こえる。そこの岩陰に隠れよう」

師匠に従って、脇にあった岩の陰へと慌てて飛び込む。

「……見ろ。あそこ」

師匠が指差した先。その先はちょっとした広場になっていて、その上の天井が崩れていた。そのおかげで光が差し込み、地面には光が当たる部分にだけ、淡い緑色の光を放つ草が群生していた。

「メディナ草の群生だ」

「でも様子が変」

「奥を見てみろ。何かこっちに来るぞ」

師匠が言う通りに、その広場の奥に続く洞窟へと視線を向けた。

その先は暗く見えないが、確かに何かの音が聞こえてくる。

「ハア……ハア……！　くそ！　地上はまだかよ！」

それは息を切らした冒険者だった。見たところ一人で、しかも怪我をしている様子だ。

「師匠！」

私が小声で師匠に訴えるが、師匠は動かない。

その冒険者が広場の中へと入り、メディナ草の群生地へと足を踏み入れた。

その時、ウルちゃんが何かに気付き、声を上げた。

「……っ！　上‼」

ウルちゃんの言葉と同時に、冒険者が頭上を見上げた。

崩れた天井の先には空が広がっているはずだけど――

「ひっ！」

冒険者が小さく悲鳴を上げると同時に――上から飛んできた白い糸が彼を絡め取った。

「糸⁉」

「マズい！」

師匠が銀騎士と共に岩陰から飛び出す。何が起きているか分からず、私は一歩遅れてしまう。

その瞬間、糸に絡め取られた冒険者と目が合ってしまった。

その瞳に浮かぶのは、絶望と諦観。

「助け――」

そんな言葉と共に、冒険者が一瞬で崩れた天井の方へと吸いこまれるように消えた。

「っ！　クイナ！」

あんな目を見て、言葉を聞いて――ジッとしている方が無理だった。

私はクイナの力で風を纏い、加速。

「エリス！　無理をするなよ！」

師匠の声が後ろから聞こえてきたので、私は返事する代わりに手を挙げた。

そして地面を蹴って跳躍し、崩れた天井から外へと飛び出したのだった。

外に出ると一気に視界が広がり、風が私の髪を揺らす。

「あれは……」

崩れていた天井の先はどうやら遺跡の跡に繋がっていて、周囲には崩れた柱や壁が並んでいる。

そしてその並んでいる崩れた柱の先に――それはいた。

「うげ……私、苦手なんだよね……」

それは――巨大な蜘蛛だった。長い節くれ立った八本の脚に、毒々しい模様の入った、丸いお腹。

器用に複数の脚を操り、柱と柱の間を進んでいく。見れば、糸でぐるぐる巻きにしたあの冒険者を前脚で抱えていた。

「早く助けないと！」

私は更に加速しつつナイフを抜刀。柱を蹴って、大蜘蛛の後を疾風の如く追いかけた。

幸い、大蜘蛛の動きは緩慢でさほど速くない。それでも先を行く大蜘蛛は遺跡の先にある円形の広場へと入っていく。

「サラマン！」

そのすぐ後ろにまで追い付いていて、叫ぶ。

腕にしがみ付いていたサラマンがその呼び掛けに呼応するように尻尾の炎を大きくした。

同時に、私はナイフを空中で振り抜く。紫電を纏った刀身による一閃を、クイナの風で増幅させ衝撃波として放つ。

更にサラマンの力でその風に炎を乗せることで、それは紅蓮（ぐれん）の風刃となって大蜘蛛のお腹へと直撃する。

「ピギャアア！」

お腹で炎が爆（は）ぜたせいで大蜘蛛が悶（もだ）え、動きが停止した。

足が閉じてしまっているところを見ると、絶命したようだ。

「あれ……？」

昔、似たようなことをやったことがあるけど、こんなに威力は高くなかった気がする。まさかあんなに強そうな大蜘蛛を、一撃で倒せるとは思えなかった。

「と、とにかく、あの人を助けないと！」

私は勢いを殺しつつに地面の上を転がる冒険者の傍に着地。

サラマンの炎で、彼を拘束する糸だけを焼き切る。

「大丈夫ですか⁉」

「た、助かっ――ひえ！」

なぜか助かったはずの冒険者が、私の後ろを指差して悲鳴を上げた。きっとあの大蜘蛛の死体を見たのだろう。

「ああ！　安心してください。大蜘蛛はもう倒しましたよ」

なんて私が暢気（のんき）にそう返事していると――後ろでガサガサと何かが蠢（うごめ）く音が響く。

「えっと……？」

「か、囲まれてるぞ!!」

そこで私はようやく気付いた。足下の地面に大量の骨が散らばっており、見れば冒険者のものらしき装備が散乱していることに。

つまりここはこの大蜘蛛の巣なのだ。

そして巣なので当然――

「ぎゃあああ！　子蜘蛛だあああ！」

その光景を見て、私は思わず悲鳴を上げてしまう。

犬ぐらいの大きさの子蜘蛛が――何十匹とどこからともなく湧いてきて、私達を囲んでいた。

「に、逃げないと……！」

私は素早く周囲を見渡すも、完全に四方を囲まれており逃げ場はない。

クイナの力を使えば私だけは脱出できるけども、ウルちゃんのような小柄な子ならともかく、大人の男性であるこの冒険者を抱えて飛ぶのは不可能だ。

「なら、道を作れば！」

私はナイフを構えて、先ほど放った風刃を放つ。それは爆炎を巻き起こすも数匹巻き込む程度で、すぐに別の子蜘蛛が現れてその隙間を塞いでいく。

「威力はともかく、範囲が足りない！」

どうしよう！　違う精霊を喚んで……いやでも誰を喚べば？

焦りすぎて、考えがまとまらない。冒険者は武器をどこかで落としたのか、戦える様子はない。

私がなんとかしないと……でもどうやって？

「ひっ！　来る！」

子蜘蛛達がまるで示し合わせたかのように、一斉に私達へと飛び掛かってきた。

絶体絶命。

死。

そんな言葉が浮かぶ。

「師匠……！」

思わずそんな言葉が飛び出る。

だけどもその時——まるで津波のように襲いかかってくる子蜘蛛の群れの向こうに、私は確かに見た。

きらめく銀色と、翻る紫髪を。

「生きているか⁉」

そんな声と共に、一人の青年が子蜘蛛の群れを両手の剣で蹴散らしてこちらへとやってくる。その鎧には赤く染まった竜の紋章が刻まれている。

あれは……！

「ラギオさん！」

私は思わず声を上げてしまう。

なぜここに【赤き翼】のラギオさんがいるのか。それは分からないけど——

「こっちに来い！」

ラギオさんの声に導かれて私は冒険者と共に、彼が切り開いた道へと走った。

それでも依然として四方から子蜘蛛が襲ってくる。

「いいか、まっすぐ走れ！　絶対に余所見をするなよ！」

ラギオさんの言葉と同時に――空間全体に魔力が迸る。

それは、今までに感じたことのないほどの魔力量で、思わず肌が粟立ってしまうほどだ。

「――〝凬、炎と舞い、悉く灼け落としなさい……【バーンダウン・ザ・フォレスト】〟」

そんな詠唱と共に――紅蓮の渦がその空間を包んだ。

「え？　え？」

「凄え……こりゃ二属性魔術じゃねえか！」

驚嘆の声を上げる私達を避けて、その炎の渦が子蜘蛛達だけを巻き込んでいく。

気付いた時には……その空間にいた全ての子蜘蛛が焼き払われていた。

「……ねえ、あの親蜘蛛をやったのはラギオ？」

その艶のある声で、私はその魔術を放った存在に気付く。それはこの空間の入り口に立つ、未だ炎燻る金属杖を持った美女――メラルダさんだった。

「違う。俺が駆け付けた時には既に死んでいた」

ラギオさんが否定するように首を横に振ると、冒険者が声を上げた。

「この子がやったんだ！　それで俺を助けてくれたんだよ！　ありがとう、あんたら全員命の恩人だ！」

「あら……良く見れば、あの子じゃない。へえ……あんたが」

メラルダさんがようやく気付いたとばかりに、私へと視線を向けた。

なぜかそこには前までにあった敵意や悪意はない。

「えっと……」

私がお礼を言おうとしていると——メラルダさんの向こうから、誰かが走ってくる。

「エリス！」

「エリスお姉ちゃん！」

それは師匠とウルちゃんだった。

「無事か？　怪我は？」

駆け付けた師匠が心配そうにそう聞いてくるので、私は笑顔を返す。

「大丈夫です！　でもラギオさん達のおかげですよ。本当に……ありがとうございました！」

私はラギオさんとメラルダさんへと頭を下げた。二人がいなければ、死んでいたかもしれない。

私は迷宮（メイズ）の恐ろしさや危険さについて身を以（もっ）て学べた気がする。ここでは、絶対に油断なんてしてはいけなかった。

「俺からも礼を言わせてくれ。愛弟子（まなでし）を助けてくれて感謝する、ありがとう」

師匠となぜかウルちゃんまで頭を下げていて、私も慌ててもう一度頭を下げた。

「いや、礼を言いたいのはこちらの方だ。捜索を依頼されていた冒険者ギルドのメンバーをこうして見付けることができたからな。エリス、君がいなかったら唯一の生存者である彼も死んでいた可能性が高い。そうしたら依頼は失敗だ」

「Sランクギルドに、失敗は許されないからね。……感謝するわ、エリス。錬金術師もなかなかやるじゃない」

そんな言葉と共に、メラルダさんが微笑(ほほえ)んだのだった。

＊＊＊

結局その後、私達はラギオさん達と共に、冒険者街へと帰還した。

「あの大蜘蛛――ケイブクイーンはな、本来なら表層にはいない魔物なんだよ。生息域は第二階層。つまり中層に近いところを根城とする魔物なんだ。なぜそれが表層にいたのか分からんが……いずれにせよ、Bランクギルドでも奇襲を受ければ全滅してしまうほどの相手だ」

師匠がテーブルの上に置いてある、私の頭ほどの大きさの魔石を撫(な)でた。

それはケイブクイーンの体内から見付けたもので、討伐者である私にその素材を取得する権利があるそうだ。

「えっとつまり……中層にいるはずだった魔物がなぜか表層にいたせいで、Bランクギルドの冒険者達が行方不明に。その巣の近くにたまたま近付いた私達はケイブクイーンと遭遇。同時に、Bランクギルドの捜索依頼を受けていたラギオさん達もそこに向かっていたから、彼らはいち早く駆け付けられた――ってことですね」

「そういうことだ。あのメディナ草のあった洞窟を覚えているか？」

「はい」

「あそこはケイブクイーンの狩り場だったのさ。メディナ草目当てに来るウイングブルや冒険者をあの天井の穴から糸で絡め取り、巣へと持ち帰る。おそらくだが、あの山で遭遇したウイングブルは元々あの巣の近くに生息していたのだろう」

なるほど。だから怯えたような目をしていたのかな。行き場をなくした彼らは空を彷徨い、結果として崖の中腹へと辿り付いた。

「ま、色々あったが……ふふ、当初の目的は達成できた！」

師匠が嬉しそうに手を突き上げた。

「へ？　でもメディナ草は……」

私がそう言うと、ウルちゃんが笑顔でリュックを開けた。

そこには――山盛りのメディナ草が詰め込まれていた。

「ちゃんと採ったよ」

「え、えらい！」

「じゃないと僕の報酬が無くなるから……」

ああ、そういえば後払いのでき高制って、言ってたっけ。

「魔石については、このケイブクイーンの特大魔石のおかげで半年以上は困らないだろう！　メディナ草も想定以上に採れたし完璧だ。あの群生地もしばらくは見付からないだろうし、また採りにこられるぞ！」

「おお！　やりましたね！」

「というわけでざっと計算して……ウル、報酬はこれぐらいでどうだ？」

師匠が革袋からかなりの量の銀貨を積み上げた。え、そんなに？

それは半年分の食費になりそうなほどの金額だ。

「その半分でいい。今回のガイドはお礼だから……もらった分は、あの群生地の見守り料としてもらっとく。定期的に行って、荒らされてないか見とくね」

「分かった。その代わり、次またここに来る時もガイドを頼むよ。ゆくゆくは専属契約してもいいかもしれないな」

「……うん！」

師匠の言葉を聞いて、ウルちゃんが微笑む。

「さて。材料も揃ったし……エリス、いよいよ工房をオープンする時が来たぞ」

「はいっ！」

「早速帰ってポーション作りだ。あとは精霊錬金についても研究をしないとな。それにハイポーションもだ！　あれは売れるぞ！」

「あ、そうそう。さっきの戦いで気付いたんですけど、精霊鉄にはもう一つ、特性があるかもしれないんですよ」

私は、ケイブクイーンに放ったあの一撃を思い出しながらそう口にした。

あの時の一撃は、間違いなく私の力以上のものだった。でないと、第二階層の強い魔物を一撃で倒せるはずがない。

「もしかしたら……精霊鉄には、精霊の力を増幅させる効果があるかもしれません」

「マジか。だとしたら……これは本当にとんでもないことになるな。冒険者どころか、魔術の概念が変わる可能性がある」

「詳しくは、帰ってから実験してみないとですが」

「だな。ふふふ……久々に燃えてきたぞ！」

師匠がそうやって興奮していると、ウルちゃんが私の服の裾を摘まんだ。

「どうしたの、ウルちゃん」

ウルちゃんが恥ずかしそうにモジモジしながら、私の顔を見上げてこう言った。

「あの……今度、エリスお姉ちゃんの工房に遊びにいっていい？」

「ふふ、もちろんだよ！　ウルちゃんはもう友達というか、仲間だから！」

「仲間……えへへ、嬉しい」

ウルちゃんがはにかむように笑うのが、可愛くて私は思わず頬を緩めてしまう。

ああ、別れるのが寂しいなあ！

「うっし。じゃあ、帰るか――地上へ」

師匠のその言葉に、私は元気よく答えた。

「はい！」

こうして——波乱はあったものの、私の迷宮(メイズ)初探索は無事、成功に終わったのだった。

第五話　エリス工房、開店

ついに――エリス錬金工房のオープンの日がやってきた。

「まさか自分の工房を持つことになるなんて……感動！」

なんて言いながら私が工房の前で感極まっていると――

「……実質俺の工房だけどな」

と師匠が、身も蓋もないことを言いながら、路地の向こうからこちらへとやってきた。

「書類上は私のです」

「名義だけだろうが」

「それはそうですけど……」

師匠が近付いてきて、私はその姿になぜか違和感を覚えてしまう。

あれ、なんかいつもよりちょっとカッコいいような気がする……なんて思って師匠の顔をまじまじと見つめていると、ようやくその違和感の正体に気付いた。

「って師匠！　髭剃ったんですか！」

師匠の顔から、あのいつもの無精髭が綺麗さっぱり消えていて、若々しく見える。

「……別にたまたまだよ」

師匠が一瞬目を逸らしたのを、私は見逃さない。

「本当ですかあ？　実は一番オープンを楽しみにしていたのは師匠だったりして」

私がニヤニヤ笑いながら師匠の顔を覗き込むも、おでこを指で弾かれてしまう。

「なわけないだろ」

師匠の反応が冷たい。

「むー。せっかくのオープンだしお祝いしましょうよ～」

私が不服そうにそう言うも、師匠は私の肩をポンと叩いて、そのまま中へと入っていく。

「再開しただけだ。さ、俺はポーション作りに戻るぞ。今の在庫数では全然足らないからな。目玉のハイポーションもどんどん作るぞ」

ちなみに、ハイポーションについては帰ってきてから実験と検証を繰り返して、見事に商品として加わることになった。

師匠曰く、ガーデニア……つまり癒やしの精霊の力を使ったことが、精霊水を使ったポーション作りが成功した要因なんだそうだ。

更にハイポーションは、当面は顔見知りにしか売らず、かなり強気な価格設定になっていた。

「そういえばハイポーションの価格かなり高いですけど、大丈夫なんですか？」

「ん？　大丈夫とは？」

「ほら、前言ってたじゃないですか、ポーションは価格が決まっていて、それより高くすると厳しい処分を受けるって」

私がそう言うと、師匠がニヤリと笑った。

「それなら何の問題もない。あれはあくまで、ただのポーションの話だ。ハイポーションは対象外……というか実際に作れた奴（やつ）は多分、エリスが初だからな。そもそも規定がないんだよ。もちろん、錬金術師の腕によって同じポーションでも微妙に効果量が違うし、それで各工房は差別化を図っているのだが……そもそもハイポーションはそんな次元じゃないからな。いくらで売ろうが、問題はない。一応、錬金局には問い合わせ済みだから平気だよ」

「なら、安心です」

それを聞いて、私は扉に掛けてある木製の札を【開店】と表示されている方へと裏返した。

さあ、オープンだ！

私はウキウキしながら店舗スペースへと入っていく。

念入りに掃除したので、中は以前と違ってピカピカだ。

カウンターの後ろの棚には、私と師匠が作ったポーション類や工房を閉める前の在庫が並べてある。精霊鉄（せいれいてつ）についてはまだ未知の部分が多いので、当面は商品にはしない予定だそうだ。

私は早く売りたいんだけどなあ。

「師匠、精霊鉄はなんで商品にしないんですか？」

私はカウンター内に入ると、レジスターの横にある丸椅子（いす）へと腰掛けた。師匠は煙草（たばこ）を消すと、その後ろにある簡易の作業台の前に立ち、ポーション用の魔素水を生成しはじめた。

だらしないところがある師匠だが、作業中は絶対に煙草は吸わなかった。

「錬金術師たる者は、自分でもよく分からない物を冒険者に売るわけにはいかないんだよ。それに精霊鉄の性質状、既製品を売るよりも客の好みに合わせて作る、オーダーメイド制の方が多分合ってると思うぞ」

師匠が言うには、精霊と金属の組み合わせだけでも無限の可能性があり、予め作っておくよりも客の用途に合わせて作る方が良いんだそうだ。

「オーダーメイド制の方が高く売れるんでしたっけ」

「その通り。〝自分専用〟という言葉は、誰しもが憧れるものだ。だとすれば多少割高でも受け入れられる」

「なるほど……うーん早くお客さん来ないかなあ！」

師匠と話し合った結果、工房を開けている間は私が店番兼雑用その他、師匠は裏の作業場で各種錬金作業という役割分担をすることになった。

もちろん、それだけだといつまで経っても私の錬金術の腕が上がらないので、どこかで交代してもらうのだけども――

「ポーションの品質が悪いとすぐに客はそっぽを向くからな。最初が肝心だから、とりあえずポーションに関しては俺が作ったものだけを売ろう。その代わりに、エリスにはハイポーションがある」

「ふぁーい」

ちょっとだけ悔しいなあと思いつつ、私はその師匠の言葉に同意した。

まあ、見習いが作ったポーションよりは経験豊かな師匠が作ったポーションの方が好まれるという理屈はよく分かるし、そもそもの効果量が違う。同じ傷でも、私が作ったものだと傷が治るのに十分掛かるものが、師匠のものだと五分で済む。

その五分が、冒険者にとっては大事なんだそうだ。

価格が一緒ならなおさらだ。

「ポーションはどこで買っても価格は一緒だ。さっきも言ったが、その質で差を付けないとわざわざここで買わなくなる。いいか、エリス。ここでしか買えない、を俺達(たち)は提供しなければいけないんだ。それを忘れるな」

「……はいっ！」

「ま、心配せずとも、すぐに客は来る」

師匠が笑顔でそう断言した。

「本当ですか？」

なんて話していると——カランカランと、扉につけた鈴が鳴った。

「お、第一号だ！　いらっしゃいませ！」

私が笑顔で扉へと視線を向けると——入ってきたのは、迷宮(メイズ)で助けた、あの【ガーランド旅団(りょだん)】のガーランドさんだった。

「ガーランドさん！　早速来てくれたんですか？」

「がはは！　あのあと、すぐに錬金局に問い合わせをしてな！　エリス工房のことを教えてくれたんだ！　今日がオープンと聞いたからやってきた次第よ」

豪快に笑いながら、ガーランドさんが店舗スペースの中へとやってくる。

師匠は、ほらな？という顔をしていた。

「ガーランドさん、ありがとうございます！　また会えて嬉しいですよ。その後、身体の調子はどうです？　お腹の傷は大丈夫ですか？」

私がそう聞くと、ガーランドさんがドンと自分のお腹を叩いた。

「快調快調！　いやあ本当にあの時は死ぬかと思ったが……まさかあの状態から助かるとは。例のポーション、もちろんあるんだよな？」

ガーランドさんがそう聞いてくるので、私は頷いて、棚からハイポーションの入った小瓶を取り出した。

「当面は、知り合いにしか売らない予定ですが、ガーランドさんなら問題ないです！」

「なるほど、それはそうした方がいいな。俺も部下共に吹聴して回らねえように徹底させる。だが、もし量産できるなら……全冒険者に支給してほしいぐらいだな。それぐらいに……そのハイポーションの需要は高い」

「それほどですか？」

「そうだろ、ジオの旦那」

ガーランドさんがそう師匠に話を振った。

「その通りだよ。だが現状、作れるのがエリスしかいないからな。悪いが、常連客限定にしかできない」

「了解だ。それで、一本いくらだ？　在庫あるだけ買わせてもらおう。普通のポーションもついでに買うつもりだ。あんたらが作るものだ、きっと質も良いだろうさ」

「えっと……」

私が師匠をチラ見する。事前に価格は決めていたものの、やはり口にするのは勇気がいる。

「えっと、ハイポーションは……金貨一枚です」

「金貨一枚だと？」

ガーランドさんがくわっと目を見開いた。この帝都で言う金貨とは、アルビオ金貨のことで、これ一枚で一般市民の家族なら一ヵ月は暮らせるほどの大金だ。

大金すぎて、普段の買い物ではまず使わないもので、持ち歩く人も少ない。

だから、ガーランドさんが驚くのも無理はなかった。

「た、高いですよね……？」

私が思わずそう言うと――

「安すぎるぞ！　金貨十枚は覚悟していた！　その為にこれだけ持ってきたのに！」

そう言って、ガーランドさんが革袋をカウンターの上へと置いた。その口から、中に金貨が沢山詰まっているのが見えた。

「凄い大金……こんな量、初めて見た……」

「適正価格だよ、ガーランド。原材料費はさして掛かっていない。その価格の殆どはエリスの技術料だ。まだ見習いだから、安くしている」

師匠の言葉に、ガーランドさんが頷く。

「なるほど……しかし、これで見習いとは末恐ろしいな。これは、通いがいのある工房を見付けた。エリス嬢は知らないかもしれないが、我々冒険者にとって、道具とは、装備や武器と同じぐらいに大事なものなのだ。道具の金をケチる奴はいつかどこかで命を落とす。だから高くても良いものを求める客だけを相手するといい。俺みたい奴をな！　がっはっは！」

そうやってガーランドさんが笑っている間に、師匠が紙へと明細書を書いていく。

「ハイポーションについてだが、今日は十二本しか売らないぞ。他にも売る予定があるからな。ポーションについては、いくついる？」

「とりあえず、五十だ」

「了解した。ギルド拠点に明日までに届けるよ。運送ギルドに頼むつもりだが、それでいいか？」

「問題ない。そうしてくれると助かる」

そうして、師匠が出した明細書を見て、ガーランドさんが頷くとそこに書かれていた料金を支払った。それは、私がこれまで見た中で最も高い買い物だった。

そんな私の顔を見て、ガーランドさんが笑う。

「わはは、このハイポーションにはそれだけの価値があるぞ！　定期的に購入させてもらうから、エリス嬢、今後もよろしくな！　あとハイポーションについては伏せて、ここを知り合いの冒険者共にお勧めしておくよ——素晴らしく腕の良い、可愛い錬金術師見習いがいるとな。じゃあ、またな！」

こうして、お客さん第一号にして早くも常連客になる予感がするガーランドさんが帰っていったのだった。

「ふふふ……エリス、もう既に今月は黒字だ！　今日はオープン記念で美味い飯を食べよう！」

師匠が露骨に浮かれてそう言うので、私は思わず意地悪を言ってしまう。

「あれ？　さっきは、〝ただ再開するだけだ〟なんて、クールぶったことを言っていませんでしたっけ？」

「……はい、すみませんでした。本当は滅茶苦茶嬉しいです」

「よろしい……なんてね」

私達は目を合わせると同時に笑った。

工房内に、二人の笑い声が響く。

ああ、私、錬金術師になって良かった。師匠に会えて良かった。心からそう思えたのだった。

＊＊＊

午後になってから――窓の向こう側に見える路地の地面に黒い沁みができはじめた。

ポツポツという水が地面を叩く音が響く。

それはこの帝都で年中通して降る小雨で、いつものことではあるのだけども。

「はあ……オープンの日ぐらいは降らないでよ～」

私がため息をつきながら思わずそう愚痴ってしまう。

楽しかった気分がちょっとだけ沈んでしまった。

「気にするな。雨が降ってなくたって――初日は早々誰も来ないさ。ガーランドは例外だよ」

「ええ～、なんでですか～」

「今日オープンだって知っている奴がどれだけいると思っているんだ？　精々レオンと、あとはこの間、たまたま市場で出会って立ち話をしたミリアぐらいだ。いきなり新規の客なんて来ないさ」

「……それは確かに」

「数年間閉まっていた工房が再開したなんて情報が、わざわざ冒険者の間で出回るとは思えんしな。ま、貸している錬金術の教本でも読んでおくことだな」

師匠の言葉に私は少しがっかりしながら、貸してもらった分厚い教本に目を通す。その表紙には【錬金術及びそれに類する術式の理論と応用】という素っ気ないタイトルがついている。

小難しい言い回しに難解な単語ばかりで、読んでいるだけで眩暈がするほどだ。

その中に、気になるページがあった。それは挿絵のページで、不思議な物体が複数描かれていた。

瓶の中で蛇のようにとぐろを巻く謎の液体。

金属のような光沢を持つ長方形の物体。

まるで星空を封じ込めたような中心部が透けて見える丸い石。

「師匠、これってなんです？」

私がそう聞くと、師匠がやってくる。

「おお、これか。ふふ、これはな、全て(すべ)の錬金術師が作ることを夢見る、三つの物質だ」

師匠が挿絵のうちに、とぐろ巻く液体の小瓶を指差し、説明をしてくれた。

「あらゆる病毒や傷を瞬く間に癒やすという――〝霊薬(エリクシール)〟」

師匠が指を長方形の物体へと移した。

「魔力を付与出来る素材としては最高峰で、最も硬くかつ柔らかいと言われている金属――〝完全物質(アルカナ)〟」

最後に丸い石を指した。

「そして……あらゆる金属を金へと変えることができ、かつ所持した者を不老不死にするという伝説級のアイテム――〝賢者の石(けんじゃのいし)〟」

「おお……！　どれも凄そう！」

「これらはあくまでも伝説上の存在で、実際に生成することは叶(かな)わない――というのが現代の錬金術師の間では通説になっている。俺ももちろんそう思っているが……エリスを見ているとなんだか、あながち夢物語でもないのかもな、って気分になるよ」

「えへへ、いつか挑戦してみますよ！」

「楽しみにしているよ」

師匠が作業場へと戻っていく。

私が雨音の中、再び教本と悪戦苦闘していると――カランカランと、再び扉につけた鈴が鳴った。

お客さんだ‼

私は勢いよく立ち上がると、少し上ずった声を出してしまう。

「い、いらっしゃいませ‼　ってあっ！」

「こ、こんにちは……」

そう言って傘を閉じながら、おずおずと挨拶(あいさつ)したのは──

「ウルちゃん！」

「今日、オープンだってミリアさんに聞いたから……これ」

ウルちゃんがそう言って背負っていたリュックをカウンターの上に置いた。

そのリュックの中にはメディナ草をはじめとした、様々な素材がみっちりと詰めてあった。

「これは……？」

「オープンのお祝い。僕が取ってきた素材だよ」

「こんなにたくさんいいの？」

「うん。エリスお姉ちゃんへのお礼は……まだしてなかったから」

はにかみながら笑うウルちゃんがあまりに可愛すぎて、私は思わず天井(てんじょう)を見上げてしまった。

なんだこの可愛い生き物は！

「お、ウルじゃないか。流石(さすが)だな、錬金術に使える素材ばかりじゃないか！」

師匠が後ろからリュックの中身を見て嬉しそうに声を弾ませた。

「エリスお姉ちゃん、工房開店おめでとうございます」

ウルちゃんが改めてそうお祝いしてくれたので、私は満面の笑みで言葉を返す。

「うん、ありがとう。雨の中、大変だったでしょ？」

ウルちゃんはしかし、小さく首を横に振った。

「んー。僕、雨が好きだから平気。久しぶりの雨だからちょっとワクワクしてる」

「そうなの？」

一昨日も降ったばかりだけどなあと思っていると、横で師匠が納得とばかりに頷いた。

「いくら不思議な迷宮（メイズ）でも、雨は降らないからな。ガイドのウルには珍しいだろうさ」

「もしかしてウルちゃんって……ずっと迷宮（メイズ）に潜りっぱなしなの？」

会話の流れからして、そうとしか思えない。

「……？　潜りっぱなしじゃなくて……迷宮（メイズ）に住んでるから」

「……へ？」

「あー。そうか、エリスは知らないのか。ダンジョンチルドレンを」

師匠が謎の単語を口にしたので、私は首を傾（かし）げた。

「ダンジョン……チルドレン？」

「あのね、僕は迷宮（メイズ）で生まれたんだよ」

「え？　えええええええええ!!」

待って待って、なにそれ!?

「冒険者街で生まれた子のことをダンジョチルドレンと呼ぶんだよ。迷宮（メイズ）で生まれ育った子は、大体そのままガイドや採取専門の冒険者になることが多いのさ。でないと、ウルみたいな幼い子が冒険者やっているのも変な話だろ？」

「確かに。いくら優秀とはいえ、幼すぎるとは思っていました。そうなんだ……」

「うん。だから迷宮(メイズ)は僕の故郷だし、表層は庭みたいな感じ。地上には滅多に来ないから……」

なるほど、だったら雨を珍しがるのも不思議ではない。

「そうなんだ……。わざわざ地上までありがとうね、ウルちゃん。素材もいっぱい持ってきてくれて」

「また来るよ、エリスお姉ちゃん。でも、もう僕は帰るね」

「え？　もう？」

「うん」

「ウル、せっかくだ、飯でも食っていかないか？」

師匠がそう誘った。おー、それは名案だ！

「食べたいところだけど……実はちょっと心配ごとがあって」

「心配ごと？」

私が聞くと、ウルちゃんがこくりと頷いた。

「あのね、最近、変な噂(うわさ)を聞いてるんだ。表層各地で、見たことない魔物が出現しはじめたって。しかも、その中には……未知の毒素を持っているやつがいるとか」

「へ？　未知の毒素？」

「それは……厄介だな」

「うん、だから、表層はしばらく近付かない方がいいかも。僕は僕で色々調べておきたいんだ」

「なるほど……ガイドも大変だな。何か力になれることがあれば、いつでも言え。あと、これ」

師匠がカウンターの中から、ハイポーションを三つ取り出すと、ウルちゃんへと渡した。

「こ、これ……高いのでしょ？　買えないよ」

「違うよ、私達からウルちゃんへのプレゼント。御守りみたいなものかな？」

それは私が師匠に提案したことだった。もしウルちゃんが来たら、ハイポーションを渡したいと。

「優秀なガイドに怪我(けが)されたら困るからな。遠慮なく持っていってくれ。困ったら使うといい」

師匠と私の言葉を聞いて、ウルちゃんが泣きそうになっていた。

「あ、ありがとう……大事にする……」

彼女がぎゅっとハイポーションの入ったポーションポーチを抱き締めた。喜んでくれて何よりだ。

「危ない時は使えよ？」

「分かった。それじゃあ、また。バイバイ」

そう言って雨の中、ウルちゃんは嬉しそうに去っていったのだった。

結局――オープン初日の来客は、二人だけだった。

それでも、私にとっては忘れられない一日となった。

＊＊＊

その日の夜。

工房を閉めたあと、私と師匠はささやかな宴を開くべく、工房の近くにある小さな酒場へとやってきていた。

そこは〝跳ねる子狐亭〟という可愛らしい名前の酒場で、店主から料理人、そして給仕まで皆、女性という変わった酒場だった。

小さくて落ち着いた雰囲気のお店で、私は一目で気に入ってしまった。

「良いお店ですね」

少しだけ薄暗い店内を、ランプが優しく照らし出す。

私と師匠は窓際のテーブル席に向かい合って座っていた。

「俺も来るのは久しぶりだよ。ここは、ちょっと思い出が多すぎてな。でも、もし工房を再開したら……来ようと思っていたんだ」

「そうなんですね。じゃあ来られて良かったです」

「ああ――スパークリングワインを一本。グラスを二つで。あとは、適当に料理を」

師匠が勝手知ったるとばかりに注文すると、可愛らしい制服を着た給仕の少女が、赤い液体の入った瓶とグラスを持ってきた。

師匠が私の前に置かれたグラスへとワインを注ぐ。発泡しているのか、グラスの底からプツプツと可愛らしい気泡が昇っていく。

「酒は飲めるな？」

「ええ。まだそんなに量は飲んだことないですけど」

「無理はしなくていいからな」

師匠が自分の分を注ぎ、そしてそれを掲げた。

「それじゃあ、エリス工房のオープンを祝って……乾杯」

私も師匠に習ってグラスを掲げる。

ランプの淡い光で、ワインがキラキラと瞬いているように見えた。

師匠が口を付けたのを見て、私もワインを口に含む。

ベリーみたいな果実の香りがスッと鼻を抜け、心地良い酒精が舌の上で弾けた。

「美味しい……」

「だろ？　この店ではいつもこれなんだ」

思わず笑顔になってしまう美味しさだ。

「お酒って不思議ですね。幼い頃は苦くて何が美味しいんだろうって不思議だったのに、大人になると、なぜか妙に美味しく感じてしまう」

「そうだな。ちなみに酒も錬金術で作れるんだぞ。まあ作っても味はイマイチだがな」

師匠が悪戯っぽい笑みを浮かべた。

「その言い方だと、師匠は作ったことがあるみたいですね」

「昔な。俺の師匠が、金がないのにワインを飲みたいって駄々をこねてな。たまたま買ってあったブドウでアレコレ試行錯誤をした結果……ワインモドキはできたんだが、マズい！　こんなもん飲めるか！って怒られた。酷い話だ」

師匠がどこか遠くを見つめながら煙草に火を付け、ふかした。

その表情がなぜか切なく見えて、私は心がきゅっと締め付けられてしまう。

なんでこの人はこんなに楽しげに話すのに、ずっと悲しそうなんだろう。

「昔の話だ。真似するなよ？」

「しませんよ。お酒は作るものではなく、飲むものですから」

「それは、本当にその通りだよ」

なんて会話していると、料理が運ばれてくる。

新鮮な葉野菜のサラダに、人参のスープ。チーズをまぶしてグリルされたホクホクの芋と、分厚いベーコンのステーキ。チーズと乾燥させた果実の盛り合わせ。

どれも、できたてで美味しそうな香りを立てている。

「よし、大いに飲んで、大いに食べよう！」

「はい！」

シャキシャキの葉野菜には、お酢を使ったドレッシングが掛かっていて、さっぱりとしていた。

人参スープは濃厚で、お酒に良く合う。グリルされた芋とベーコンは言わずもがな。

「んー！　美味しい！　特にこのベーコン！　最高です！　満点！」

自然と笑顔になってしまうし、悲しい気分も吹き飛んでしまう。

美味しいご飯とお酒を、誰かと一緒に楽しむのって、こんなに楽しいことなんだ。

「このチーズもワインに合うんだよ」

「ふふふ、飲み過ぎないでくださいね？　またディーネの水を顔にかけますよ」

私が師匠と初めて出会った時のことを思いだして、笑ってしまう。

「ありゃあ、酷かったな。だが、妙に気持ち良かったのを覚えているよ。悪夢を見ていた気がするから余計にな」

その言葉を聞いて私はとあることを思い出してしまう。あの時、師匠は女性の名前を口にした。

確か――マリア。そう言っていたはずだ。

それから食事が一段落して、私達はワインの二本目を開けながら、チーズを摘まんでいた。

お酒が回ってきて、私は少しだけ気が大きくなっていた。

気になることは、聞くべきだ。

「師匠」

「んー？　どうした？　三本目か？　エリスは中々に酒豪だな。こりゃあ先が思いやられる」

「三本目はあとで開けますけど……実は師匠に聞きたいことがあって」

「なんだ？　錬金術のことなら勘弁してくれよ」

師匠が冗談っぽくそう言うので、私は少しだけ表情を引き締めて、それを口にした。

「師匠の師匠……ややこしいので、お師匠様と呼びますけど……そのお師匠様は、今はどこにいらっしゃるんですか」

はっきり言って何の根拠もないただの当てずっぽうだけど、私の直感では、お師匠様はもう他界していると気がしていた。それなら……師匠がいつも纏っている憂いみたいな何かに説明がつく。

だけども、師匠はそれにすぐには答えずに、空になったグラスを見つめ続けた。

「……お師匠様か。はは、エリスみたいな子に言われたら、きっとアイツは喜んだんだろうなあ……うん、どこにいるかという話だが、俺の師匠は三年前に死んだ。迷宮でな」

「……迷宮で、ですか」

「ああ。素材採取の途中で、とある魔物と遭遇したらしい。同行していた冒険者が運良く一人だけ生き残って、そう教えてくれた」

「そう……なんですか」

分かってはいても。それを直接師匠の口から聞くのは苦しかった。

「俺のせいなんだ……全部……俺の……」

師匠がそう言って、うなだれた。

「俺のせいって……」

「俺がワガママを言ったせいで、マリアは死んだんだ。全部、俺が悪いんだ」

マリア――やっぱりあの時の名前は、お師匠様の名前だったんだ。

私が今使っている、あの部屋の元の主。

師匠の師匠。

師匠が工房を閉めて、自暴自棄になった原因。

「マリアさんは……師匠にとって大事な人だったんですか」

「……ああ。マリアは俺の姉で、唯一の家族だったんだ。俺達が幼い頃に両親が死んで、それからはずっと二人だった。母親代わりになって俺を一人前になるまで面倒を見てくれた、大恩人だよ。師匠としては最悪の部類でどうしようもない奴だったが……それでも……」

師匠はそれ以上、何も言わなかった。私も母を亡くし、そして父が失踪した。

だから言わなくても痛いほどに、師匠の気持ちは私に伝わっていた
「師匠。まだ小娘の私が、どうこう言える立場ではないのですけど……きっとマリアさんは今の師匠を見て、誇らしく思っていますよ。だって、師匠はカッコ良くて時々ポンコツで、でも優しくて、何より素晴らしい錬金術師なのですから」

私はそう言って、師匠のグラスへとワインを注いだ。ここまで、頑(かたく)なにワインを注がせようとしなかった師匠は、無言でそれを見つめ、そして一気に呷(あお)った。

「情けない男だよな、俺。この店も……マリアとよく来てたんだ。実験が成功した時。売上が黒字だった時。迷宮(メイズ)での冒険は成功しても失敗しても、ここで飲んで騒いだ。楽しかった……楽しかったんだ……」

師匠が吐き捨てるようにそう言った。年上のはずの師匠が、幼く、小さく見える。

だから、私は精一杯胸を張ってこう言った。

「じゃあ、これからもここを使いましょう！　実験が成功した時も、売上が黒字だった時も！　迷宮(メイズ)での素材採取が成功した時も、失敗した時も！」

私は自分のグラスに残ったワインを一気に飲み干した。

「私が証明して見せますよ。さっさと一人前の錬金術師になって、師匠が偉大な存在であることを！　情けない師匠だなんて誰にも言わせません！」

私がそう宣言すると、師匠が小さく笑った。ここに来て、初めて師匠がちゃんと笑った気がする。

「かはは……言うねえ。俺にはエリスが時々、眩しくて仕方ないんだ。初めて出会った時もそうだ。逃したら、ダメな光だと思ったんだ。暗い海の底から見えた、微かな光なんだよ、エリスは」

「だったら、逃がさないようにしゃんとしててくださいね。私の師匠はジオさんだけなんですから」

笑顔が自然と出た。多分この店に来て、初めて私もちゃんと笑えた気がした。

「まったく……弟子に説教されてその上慰められていたら、師匠の立場がない」

「本当ですよ！　あ、最後のチーズ貰いますからね」

私は皿に残った最後のチーズをひょいと摘まむと、それを口に入れた。

そのしょっぱい味は、なぜだか、涙と同じような味な気がした。

第六話　武器作成の依頼

翌日。

私達は何事もなかったかのように二日目も工房を開けた。師匠と目が合うと、お互いちょっとだけ気恥ずかしい感じになるけども、それも午後にはなくなった。

私の気のせいかもしれないけど、師匠は少しだけ明るくなった気がする。それとも、そう見えているだけだろうか？　でも鼻歌交じりでポーション作りに励む師匠からは、あの憂いみたいなものが見えなくなったのは確かだ。

それから、ポツポツとお客さんが工房に来るようになった。殆どがガーランドさん、あるいはミリアさんやレオンさんの紹介で来た冒険者だ。

売れるのはポーションばかりで、さほど利益にはならないけども、それでも日が経つにつれ、少しずつお客さんは増えていった。

そんなある日。思わぬ客がやってきた

「すまない、エリスはいるか？」

そう言って入ってきたのは――

「……ラギオさん！」

それはSランク冒険者ギルド【赤き翼】のリーダーのラギオさんだ。

「久しぶりだな、エリス。それにジオも」

「おお、あんたか！　こないだは世話になったな。しかしSランク冒険者様が、どうしてうちに？」

師匠が嬉しそうにラギオさんを中へと案内する。

「ああ。実は少し聞きたいことがあってな。それ次第では……とある依頼をしたいと思っている」

ラギオさんがそう言って、私を真っ直ぐに見つめてこう言ったのだった。

「エリス、君の持つ精霊と錬金術の力について教えてくれ。君なら……俺が求める武器を作れるかもしれない」

精霊と錬金術の力――そのラギオさんの言葉を聞いて、私と師匠はお互いへと視線を送った。

彼の言葉は、まるで精霊錬金と精霊鉄の存在を知っているかのようだった。

それらについて、私達はまだどこにも公開していないのに。

「……ラギオ、だったな。それは何の話だ？」

師匠がとぼけてそう聞き返す。しかし、それを見てラギオさんは苦笑する。

「ふっ……錬金術師は秘匿が好きだからな。俺が悪かった、順を追って説明する」

そう言って、ラギオさんが語り出した。

「実は俺は見てしまったんだ。エリス、君があのケイブクイーンを倒した場面を」

それは迷宮内で冒険者を助ける為に、私が精霊鉄のナイフで精霊の力を使った時の話だ。

「君はまるで魔術のような攻撃をしたかと思うと、相当な体力とタフネスを持つあのケイブクイーンを一撃で葬り去った。下位の精霊しか召喚できないと言った君が、もし元からあんな力を持っていたなら、きっと採用面接の時にアピールしていたはずだろ？　だがそれもなかった。となると……あれは後から手に入れた力、つまり錬金術によるものだろうと俺は推測した」

「……流石、Sランクギルドを率いているだけはあるな。鋭い指摘だ」

師匠が素直にラギオさんを褒めた。

確かにラギオさんの言う通りだけど、たったそれだけの情報で精霊錬金の存在を見抜いたのは凄すぎる。

「あとは、メラルダが言っていたことも気になった」

「メラルダさんが？」

魔女の異名を持つメラルダさんのおかげで、あの時私は子蜘蛛に食べられずに済んだ。

苦手意識がある人だったけど、その感情は薄れつつあった。

「ああ。メラルダが言うんだ、あの時妙に魔術の乗りが良かった、と。あいつはわりと感覚で仕事するタイプなんだが……あの時は、まるで火と風の精霊の加護があったような気がした、なんてことを言っていた」

「ふむ」

師匠が興味深そうにラギオさんの話に耳を傾けていた。

「だから、精霊と錬金術。この二つのおかげで君はあの力を手に入れたのではないかと思い、先程の質問をした。もしそうであれば……武器にも応用できるのではないかと」

「そこまでバレてるなら隠す必要性もないな。エリス、説明してやれ」

師匠がそう言うので私は頷いて、ラギオさんへと精霊錬金と精霊鉄についての説明をはじめた。

「――というわけで、あの時は雷属性を帯びたナイフで、火の精霊と風の精霊の力を使って攻撃したんです。でも、あれは私も想定外でした。昔、私が同じことをした時、あんな威力は出ませんでしたから。となると、考えられるのは武器のおかげではないかなと」

「……ちょっと待ってくれ。いや、確かにあの攻撃は魔術に近しいものだと思ったが……精霊の力を借りて斬撃を放つってのは、どういう理屈だ？　俺は長いこと冒険者をやっているし、精霊召喚師と何度もパーティを組んだことがあるが……そんなことができる奴に出会ったことがない」

ラギオさんが信じられないとばかりに、そう聞いてきた。

まるで初めて出会った頃の師匠みたいで、妙な既視感を覚える。

うーん。その話を聞くと、やはり私の精霊の使い方は本来のやり方とは違うのかもしれない。

「えっと……すみません、そもそも精霊召喚師ってどうやって戦うものなんですか？　父も精霊召喚師なんですけど、戦闘しているところを見たことがないので……」

「文字通り精霊を召喚し、予め組み込んだ命令通りに精霊に戦ってもらう、というが本来の精霊召喚師のやり方だ。召還後にできることは、精霊を任意のタイミングで帰還させることぐらいだろう。高位の精霊召喚師になるほど召喚できる精霊の位が上がり、より複雑で高度な命令を組み込める」

それは……私のやり方とは全く違う方法だった。

「私……下位しか喚(よ)び出せませんし、命令？　なんかも組み込んでいません」

「では、どうやってあんな力を」

「えっと、お願いして助けてもらってる感じですかね？　精霊も嫌なことは私がいくらお願いしてもしてくれないですし」

精霊錬金も失敗することがある。以前、クイナを金属と融合させよう思ったら珍しく嫌がられて、結局別の精霊を使ったこともあった。

だからやっぱり、お願いして助けてもらっているとしか言えなかった。

「……ジオ、どういうことだ」

「あはは……ラギオを見ていると、疑問に思うのは俺だけじゃなかったんだな、って安心するよ。まあ心配するな、俺も最初はそうだった。だがな、エリスは俺達の常識に当てはまるような奴じゃないんだ。これは俺の予測でしかないが……エリスのやり方が本来の精霊召喚師の戦い方なのかもしれないな。精霊を一方的に使役するのではなく、共に戦うというやり方がね」

「そうか……だがそれはもはや魔術ではないか？　火の精霊の力を借りて火が放てるなら、それは理屈として魔術だ。しかも大気や大地に残る、精霊の力の残滓(ざんし)――つまりマナを借りて行使する魔術よりもよっぽど――」

それ以上をラギオさんが口にしなかった。

「えっとすみません。話を戻すと、そのやり方では元々は威力が低かったんです。でも、精霊鉄を使った武器で放つと、威力が増大しました。それで、精霊鉄には精霊の力を増幅させる効果があるのではないか、という仮説を立てて実験した結果――」

私はその先の解説を師匠へと譲った。その実験は、迷宮(メイズ)から帰ってきてすぐに行ったものだ。

「元々付与されている精霊鉄の属性と使いたい属性の相性が、威力に影響することが分かった。例えば、雷属性が付与された精霊鉄は風属性と相性が良いので威力が増幅されるが、逆に地属性だと減衰してしまう。この関係性は魔術理論で使う〝属性相性〟と同じだった」

「使った精霊と、精霊鉄の持つ属性相性が良かったおかげで、あれだけの威力が出たというわけです」

そう私は説明を締めくくった。

精霊鉄については、まだ不明な点もあるけども――私と師匠の中では、実用に耐えうるとの結論が出ていた。

とはいえ、師匠的にはまだまだ商品として出すつもりはなさそうだけども。

「理解した。何より、己(おのれ)とメラルダがいかに節穴だったかを痛感している。エリス、君は……間違いなく優秀な冒険者になれる存在だった。あの時はすまなかった。俺達は君を採用するべきだった」

ラギオさんがそう言って深々と頭を下げた。

私は慌てて、それを止めようとする。

「いやいや！　頭を上げてください！　自分のことばかりで全く物を知らなかった私がいけないですし、メラルダさんの言葉はそりゃあキツかったですけど……全部が全部、間違っていたなんて思っていません。だって私は……あの時、ラギオさんとメラルダさんがいなければ……死んでいたのかもしれないのですから」

〝生死が掛かっている場所では無能は要らない〟――そうメラルダさんは私に言った。

それは本当にその通りだった。もっと私が慎重であれば……あの事態は免れたかもしれない。

「ま、おかげさまで俺は最高の弟子を取れた。感謝するよ」

なんて師匠が言いながら煙草(たばこ)を吹かす。その顔には、どう見ても悪役みたいな表情を浮かべていた。意地悪だなあ……師匠。でも褒めてくれて嬉しい！

「これからは俺も、もう少し人を見る目を養わないとな……。しかしその精霊鉄、ますます欲しくなってきた」

「そういえば武器をどうのって話でしたね」

「ああ。君らも知っての通り、メラルダは優秀な魔術師なんだが……いかんせん、扱いづらくてな」

「性格が？」

思わず私がそう言ってしまうと、ラギオさんが苦笑する。

「……頼むから、それを本人の前では言わないでくれよ？」

「あはは……すみません。でも扱いづらいとは？　凄い魔術師だったと思いますけど」

私が不思議そうにそう聞くと、ラギオさんが複雑な表情を浮かべた。

「確かに凄い。メラルダは魔術師としても超一流で、常人以上の魔力を持ち、更にこの帝都でも三人しかいないと言われる、〝四属性使い(クアドラプル)〟なんだよ」

「それは……凄いな。流石はSランクか」

師匠が素直に驚いている。それぐらいに、属性を沢山使える人は貴重らしい。

「だが……如何せんその性格と膨大な魔力量のせいで、威力と範囲は極大なのだが細かい操作が苦手でな。エリスを助けた時のような開けた場所ならまだ使えるが、第一階層以降は、かなり場所や時を選ぶ」

「第二階層以降は閉所が多いもんな」

師匠がそう言葉を返した。

「ああ。それに魔力の消費も激しいので頻繁に魔術を撃っていたら、すぐに魔力切れを起こしてしまう。マジックポーションの消費も馬鹿にならないし、本当に必要な時に撃てないようでは意味がない」

「なるほど……確かに小鳥を狩るのに、いちいち大砲を撃っていたら勿体ないですもんね」

「その通り。だがそうなると困るのは、第一階層以降必須となる、属性攻撃の手段が少なくなってしまう点だ」

どうも話を聞いていると、第一階層以降は特定の属性攻撃じゃないと倒せない厄介な魔物が増えていくらしい。

「なら別の魔術師を入れて、攻撃手段を増やすのはどうです？」

私がそう言うと、ラギオさんは力無く首を横に降った。

「もちろんそれも考えた。しかし、後衛職を増やせば増やすほど、前線に立つ俺達前衛職の負担が増えてしまう。パーティの人数も中層以降を考えると大所帯にできないので、そうなると前衛職を削らざるを得ない。それが如何に危険かは言わなくても分かるだろ？　前衛が死ねば……パーティは瓦解する」

メラルダさんのように四属性を扱える魔術師が極端に少ないのも原因の一つなんだとか。

一般的な魔術師は大体が一つの属性しか扱えず、二属性を扱える者はどこの冒険者ギルドから好待遇で迎えられるそうだ。その上の存在となる〝三属性使い〟に至っては殆どが既に有名ギルドに所属していて、引き抜きは難しいという。

「これが、Sランクギルドを以てしても中層以降を攻略できない最大の理由なんだ。属性攻撃の手段を増やすほどに、パーティの安全性が低下する」

それを聞いて、師匠がニヤリと笑った。

「だからラギオはこう言いたいわけだ。前衛職が属性攻撃できればいいのになあ……、と」

「俺は、精霊鉄にその可能性が秘められていると確信している」

師匠が言っていた通りだ。

精霊鉄によって冒険者の武器選びの概念が変わるかもしれないという言葉が、にわかに現実味を帯びはじめていた。

「エリス、俺の武器用の精霊鉄を作ってくれないか？　金に糸目を付ける気はない。望むだけの報酬を用意するつもりだ」

「おいおい、いいのか？　この女、とんでもない金額を吹っかけるかもしれないぞ？」

師匠が意地悪そうな笑みを浮かべる。そういうことするのは私じゃなくて、師匠でしょうが！

「構わない。それぐらいに、精霊鉄には価値があると考える。迷宮攻略も間違いなく進展するだろうしな」

ラギオさんは確信を持ってそう言い切った。

私はどうすべきか迷い、師匠へと視線を送る。すると師匠は静かに頷いた。

それは、作ってもいいということに他ならなかった。

「……分かりました。ラギオさんには命を救ってもらった恩もありますし」

「本当か？　ありがとうエリス、それにジオ」

「それで、どんな属性が良いですか？　火？　水？　地？　風？　それ以外もあれこれ取り揃えていますよ」

そう私が聞くと、ラギオさんが微笑みながらこう言ったのだった。

「——全部だ。かつ、一本あるいは多くても二本の剣で、最低でも四属性は扱えるようにしたい」

……無茶を言うな！　私が思わず心の中で叫ぶと、師匠がそれに同意とばかりに口を開く。

「おいおい……いくらなんでもそれは無理だ。今のところ、一つの素材に複数の精霊……つまり違う属性同士を融合させる実験は成功していない。四属性を使いたいなら、精霊鉄は四種類必要となるから、剣も必然的に四本必要だ」

師匠がそうラギオさんの依頼を否定する。

それは師匠の言う通りで、実は一度、属性の異なる二体の精霊を使った精霊錬金を試したことがある。結果、両者が喧嘩して失敗に終わった。

「そうなのか……だが携行できる武器の数も限度がある。できれば俺が普段使っているこの二本の剣だけで扱えたら、理想なんだが」

ラギオさんが腰に差していた二本の剣を外し、カウンターの上に置いた。

よく使い込まれたロングソードで、刀身が綺麗に研がれている。

「ほう……帝都でも五本指に入る剣士様なら、てっきり名工の手による業物でも装備しているのかと思いきや……まさかその辺りの店売りのロングソードとは」

師匠が感心したような声を上げた。言われてみれば確かに良く手入れはされているけど、そこらの武器店で売っている剣と同じ、量産品だ。

「今のところこの剣で困るようなことがないから使っているだけだ。量産品の方が取り替えも利くし安定性は高いと俺は思っている。が、それでは中層以降は通用しない。最低でも基本となる四つの属性、火、水、地、風の四種類の攻撃手段が必要だ」

「とはいえ……流石に剣二つで属性四つは無理ですって」

私はそう言う他なかった。しかし師匠がラギオさんの言葉を聞いて、何やら考え込みはじめる。

ラギオさんはそれを見て、諦めの表情を浮かべた。

「……そうか。ならば、とりあえず二属性で構わない。そうだな……汎用性の高い火属性と、厄介な火属性の魔物を倒す為の水属性の二つがいいだろう。あとの属性は違う手でカバーするしかない」

「分かりました。それなら、問題ないかと思います。ちなみに素材にこだわりは？」

精霊と融合させる金属の選択も重要だ。

例えば、銀は見栄えはいいけど柔らかく、武器素材としての適性はイマイチだ。ただし他の金属より、〝祝福〟が付与されやすく、更に効果を増幅させる特性があるため、アンデッド専用の武器素材として使われる場合もある。

「素材は任せる。ただし、最低限武器として酷使できる強度は必要だ。二、三回振っただけで欠けるようでは話にならないからな」

「分かりました。それであれば……二、三日でできると思いますよ。ね？　師匠」

私がそう話を振るも、師匠は上の空だ。

「ん？　ああ……いや、一週間は欲しいな」

「え？　何ですか？　炎と水の精霊鉄ならすぐにでも作れますけど」

しかし師匠はラギオさんへと、なぜか自信満々な笑みと共にこう言い放ったのだった。

「いや。ラギオ、あんたが最初に言った、剣二本で四属性というその無茶な依頼――受けてやるよ。だが、時間をくれ。あと報酬については原材料から検討するから、今すぐに概算は出せない……かなりの金額になるとだけ伝えておく」

ええええ⁉　なんでそっちを⁉

私と同じようにラギオさんも驚く。

「時間も金も構わないが……やれるのか？」

「……ま、エリス次第だな。きっと何か素晴らしい方法を思い付いてくれるさ」

師匠がポンと手を私の肩に置いた。

それ、師匠は何も考えるつもりがないってことですよね⁉

「いや、無理ですって！」

「錬金術に不可能はそんなにない——ってマリアが昔言っていたよ。つまりそういうことだ」

師匠がドヤ顔でそんなことを言うけど、考えるのも作るのも私なんですけど⁉

私が助けを求めるようにラギオさんへと視線を送るも——

「ふっ……今度こそ、君を信じてみよう。期待しているぞ、エリス。では、一週間後にまた来るよ」

ああ、なんかラギオさんがカッコ良くそんなこと言って、帰っちゃったよ！

扉が閉まり、カランカランと鈴が鳴った。

それからしばらくの沈黙。

「……腹減ったな」

なんて師匠が言い出すので、私は師匠に食ってかかった。

「ど、どどど、どういうつもりですか師匠！　絶対に無理ですってば！」

「だから、決めつけるなって。何か方法を考えるといい。ま、俺からエリスに与える課題だと思え」

「ええ……無理ですって」

私が膨れながらそう言うと、頭を軽くはたかれた。

「錬金術師になろうとする奴がそんなつまらんことを言うな。最初から無理なんて決めつけていたら、新しいものは何も創造できないぞ。既存品しか作れない凡百な錬金術師になるつもりか？」

「……それはそうですけどお」

「誰にも教わることなく、エリスは精霊錬金を生みだしたんだ。少しは自信を持て」

「……むー」

そうやって私が唸っていると、師匠が煙草を吸いながら椅子に座ってだらけはじめた。

「というわけでそのガチガチに固まった思考をほぐす意味でも、自分の昼飯でも作ってくるといい」

「今日、師匠がご飯当番なんですけど！」

「そうだっけ？　俺はちとヤボ用ができたから、これを吸い終わったら出掛ける」

「お昼ご飯は？」

「いらん。エリスは少し頭を冷やして、考えてみるといい。案外すぐ近くに……ヒントはあるかもしれないぞ」

師匠はそう言って、作業場の壁へとチラリと視線を向けた。

「……ふぁーい」

私は力無くそう返事する。とはいえ、お腹が空いているのは事実だ。

結局、師匠はその後すぐにどこかへと出掛けた。

「はあ……流石に今回は無理だって……」

私はブツブツ言いながらも、お昼ご飯を作って——早速、この師匠に与えられた課題に取り組むことにしたのだった。

＊＊＊

「さて……やりますか！」

確かに師匠の言う通り、最初から無理と決めつけるのは良くなかったと反省する。

きっとこれも、一人前の錬金術師になる為に必要なことだ。

早く迷宮に潜って父を探す為にも、頑張ってこの課題をこなさないと！

「まずは、基本となる四属性をそれぞれ作ってみよう」

私はいつもの手順で、精霊錬金を行っていく。

何度もやった作業なので、すぐにそれはでき上がった。

「火、水、地、風……ここまではいいんだけどね」

精霊もそうだけど、属性は全部で八種類存在する。

基本の四属性が――【火】、【水】、【地】、【風】の四つだ。

更にこの四種にはそれぞれ、派生属性が一種類ずつ存在する。それが――

【火】における、光属性。

【水】における、氷属性。

【地】における、金属性。

【風】における、雷属性。

これに加え、どこにも属さない闇属性があるらしいのだけども……それに該当する精霊が存在しないので、私は正直そんなものはないと思っている。

更に〝祝福〟によって付与されるものを聖属性と呼ぶこともあるけど、これも該当する精霊はおらず、厳密には属性ではないというのが通説なのだそうだ。

そして魔術師にとっては常識らしいんだけども、この八つの属性の間は相性がある。

例えば火属性と水属性は相性が悪く、お互いを打ち消し合う。

逆に火属性と風属性は相性が良く、お互いを高め合う――と言った具合にだ。

派生属性も概ね基本属性と同じ相性ではあるけど、一部違うこともあるとか。

「うーん。でも、いくら相性が良くても……二つの属性を同時に付与するのは無理だなあ」

実験として相性の良い属性同士である二体の精霊――火と風の精霊を使って精霊錬金してみたけど、結果、どっちの精霊も素材と融合せずに失敗した。

つまり、一つの物質に二体の精霊を融合させることは相性にかかわらず難しいと分かった。

「精霊達になんで無理か聞いてみても、要領をえないんだよね……」

彼らは、精霊同士が混ざることは〝良くないこと〟――としか言わなかった。〝濁る〟という言い方をする精霊もいた。それが何を意味するかは分からないけども……ほぼ間違いなく精霊同士を混ぜて二つの属性を同時に発現させるのは難しいと考えていいと思う。

「なら精霊鉄同士を合わせれば……！」

私はやはり相性を重視して、火と風、それぞれの精霊鉄を錬金壺へと放り込む。

精霊錬金と同じ手順で、二つの精霊鉄と精霊水に魔力を込めて混ぜていく。

「まっざれ～まっざれ～せいれいてつ～」

調子外れの歌をつい口ずさんでしまう。

だけどもいつもの反応はなく、溶け出した金属同士がただ混ざり合うだけだった。

「うーん……ダメかあ」

私の即興錬金ソングの効果はなく、中ででき上がった濁った色の金属に魔力を込めても火どころか風すらも出ない。

「つまり……精霊鉄同士を混ぜると、たとえ相性が良くても属性は消えてしまう……か」

それから、相性が良くも悪くもないもの同士や相性が悪いもの同士など、複数の組み合わせを試したみたけど、どれもダメだった。

更に、でき上がったその属性効果の消えた精霊鉄を素材に、もう一度属性を付与すべく精霊錬金を行ったが、これも失敗。

そうやって何度も精霊錬金を行っていると、そのたびに精霊鉄がドンドン濁って黒くなっていく。

「うーん……一度精霊を融合させた素材に更に精霊を追加して融合するのは無理か」

こうなると、属性を混ぜることは不可能に近いと結論付けてもいいのではないだろうか。

「やっぱり二本の剣で四属性は無理ですってばあ……」

私はその後もあれこれ試行錯誤するも、全て不発に終わった。

できたのは何にもならない鉄の塊ばかり。

「……よし諦めよう」

私は腕を組んで力強く頷きながら、そう宣言したのだった。

これは多分、何かを根本的に間違えている気がする。

「一種類の素材に付けられる属性は一つだけ。更に属性が付与された素材同士を混ぜると、属性は消えてしまう。となると――」

例えば両刃剣の刀身の右側を火の精霊鉄、左側を水の精霊鉄にして、どちらの刃を使うかで使い分けるのはどうだろうか。

「あれ、これって名案じゃ？」

精霊鉄同士を混ぜることはできないけど、それぞれ独立して使う分には問題ないはず。

「やったー！　これで解決だ！」

そんな時に、タイミング良く師匠が帰ってきた。

手ぶらなところを見ると買い物に行っていたわけではなさそうだった。

「帰ったぞ。ん？　どうしたそんな嬉しそうな顔をして」

「ふふふ……あっさりとこの課題はクリアできましたよ」

私がそう言うと師匠が、目をスッと細めた。

「ほう？　二本の剣で四属性という難題……どう解決した？　まさか……両刃剣の左右それぞれの刃を別の精霊鉄にすればいい！なんて言わないよな？」

「……えっと」

なんで分かったの？

「その顔を見ると図星だな」

「うぐ……」

「まあ、考えは悪くない。だが、剣の構造上それは難しいぞ。おそらくだが、精霊鉄同士を混ぜることができなかったんだろ？　だから物理的に独立させて使うというアイディアに至るのは悪くない」

師匠が煙草を吸いながら椅子に腰掛けると、腰に付けていたナイフを抜いた。

「これを見てみるといい。基本的に刀身ってのは、一つの素材から継ぎ目なくできている。これは刃の部分が、高温や錬金術で溶かした素材を型に流し込む、〝鋳造〟、もしくは熱した鉄や鋼をハンマーなどで叩き延ばす、〝鍛造〟、のどちらかの工程で作っているからだ」

確かに師匠のナイフも、私のナイフも継ぎ目なく同じ素材でできている。ここに更にもう一つ刃を足せば、擬似的に両刃剣になり、二属性は使えるけども……。

「エリスが言う、両刃剣の左右の刃を独立させつつ刀身を作るというのは、そもそも難しい技術なんだよ。それに強度の問題もある。隙間なく合わせたとしても、刃同士は結合していないから、使った時の衝撃がその隙間に伝わってしまう。それでは刀身の消耗が早くなるから、迷宮内での長い探索には不向きだ」

「あうー……そこまで考えていませんでした」

「それにいざと言う時、咄嗟に属性を入れ替えるのにわざわざ握り方を変えないといけない。これはきっと熟練の剣士でも嫌がるだろうさ」

「うーん……あ、じゃあ、柄を中心にしてその両端に刃をくっつけるのはどうでしょう⁉　ちょっと危なそうだけど、かっこいいかも」

私が思い付きでそう言うと、師匠が少しだけ驚いたような表情を浮かべるも、首を横に振った。

あ、これもダメそうだ。

「そいつは、剣は剣でも、双刃剣（ツーヘッドソード）と呼ばれる武器になってしまう。扱いが難しく、使い手はほぼいないそうだ。それにはあの迷宮（メイズ）へそんな嵩張（かさば）るものを二本も携帯させる気か、エリス？」

「ですよねえ……」

ラギオさんが双刃剣（ツーヘッドソード）を二本持っているところを想像して、私は苦笑してしまう。流石に邪魔だろうなあ。

「エリスらしくもないな。固定観念に囚（とら）われすぎている」

「だって」

「まあ、まだ時間はある。もう少し考えてみるといい」

師匠が余裕そうな笑みを浮かべている。何も考えなくてもいい人は気楽でいいですね！

「エリス。全てを一から見直せ。何が可能で、何が不可能かを見極めるんだ。さっきの双刃剣（ツーヘッドソード）の発想も悪くない。精霊鉄に複数の属性を付与するのは不可能だ。じゃあ――何の素材なら複数の属性を付与できる？　いいか、複数の属性を一度に発現させる必要はないんだ」

「何の素材なら……いや属性だけなら大抵の素材に付与できますけど……」

ただの鉄のナイフも精霊の力を借りれば、どんな属性だって付与できる。

「それができるのはエリスだけだ。武器に属性を付与する属性魔術は、特殊な素材の武器にしか使用できず、燃費も持続時間も悪い。それをどう解決するか、という方向から考えてみるといい」

「属性魔術……！　そうか……魔術ではなく精霊鉄で補えば……」

私が何か閃きそうになるも、その光は一瞬でどこかへと消えてしまう。

むー。属性魔術は確かにヒントになりそうだけど、私は魔術師じゃないから、それがどういう魔術なのかイマイチ良く分からないんだよね。

「あと、精霊鉄にこだわらない方がいいかもな。新しい発想が必要だ」

「新しい発想……」

「じゃ、俺はポーションを作ってくる」

そう言って師匠が作業場へと引っ込んだ。

「……頑張ろう！」

私は意気込みを新たに、課題へともう一度取り組むことにしたのだった。

＊＊＊

それから数日が経った。

私はあれこれ考えていたけれど、結局何も思い付かない。

ラギオさんとの約束の日まであと三日しかない。

「うー、頭から煙が出そう……」

なんて私がカウンターに突っ伏して唸っていると——店の扉の鈴が鳴った。

「あ、いらっしゃいませ！」

「やれやれ、ひどい雨だ。やあ、エリスちゃん」

そう言って入ってきたのは、長い金髪の美青年——師匠のお友達である錬金術師のレオンさんだった。手には何か重そうなものが入った革袋を持っている。

「レオンさん！　お久しぶりです！」

「相変わらず可愛いね。どうだい？　工房の調子は」

「お陰様で順調ですよ！　レオンさんもお客さんにうちを紹介してくださってありがとうございます。商売敵なのに」

私の言葉に、レオンさんが苦笑いする。

「あはは、まあ、うちの工房は特殊でね。ポーション類は取り扱っていないから、さほど困らないのさ」

「なるほど……そういう工房もあるんですね。それで、今日のご用件は？」

「エリスちゃんに会いに来ただけ……って言ったらどうする？」

レオンさんがそう言ってウインクしてくるので、私は笑顔でそれを流す。

この人、大体どんな女性に対してもこんな感じらしいので、まともに受け止めるだけ無駄だ。

「……そんな顔しないでよ。ジオに用事があってね」

「師匠なら、こんな雨の中、どこかほっつき歩いてますよ」

「あいつ……人に無茶な頼み事をしたくせにいないとは……少し待たせてもらっていいかな？」

「あ、はい！　どうぞ座ってください。お茶淹れますね」

「ありがとう」

私はレオンさんに席を勧めると、お湯を沸かす為に魔導具を使ってポットを火に掛けようとする。

しかし――

「ん？　あれ？」

「どうしたんだい？」

「あ、いえ、魔導具の付きが悪くて……火が強くならないんです」

いつものように使うも、なぜか妙に火が弱い。

私が平べったい、輪っかみたいな形状の魔導具と悪戦苦闘していると、レオンさんがヒョイとカウンター越しに覗き込んできた。

「おや、魔力が切れかけているね。それは魔術結晶が中に埋め込まれているタイプだから、大本の魔術結晶からしか魔力を補充できないんだよ」

「あ、そういえば魔力を補充するのを忘れてた！」

私は作業場の壁に埋め込まれた、紫色の水晶と複雑な器具を融合させた装置――魔術結晶へと駆け寄った。見れば、魔力量が減って光が今にも消えそうだ。

ここ最近、あれこれ実験で使いまくったせいで予想以上に魔力を消費してしまったようだ。

「補充？　おや、魔術結晶が壊れたんじゃないのかい？」

「へ？　壊れていませんよ？」

私が魔術結晶へと魔力を込めると、光が強く輝きはじめた。これで一週間ぐらいは持つだろう。

「ほら、ちゃんとこの魔導具も使えるようになりました」

私はすっかり火の強さを取り戻した魔導具をレオンさんに見せた。

「おいおい、話が違うじゃないか」

「へ？」

「じゃあ、これは何に使うんだ……？　急いで手配してくれと頼まれたから無理して作ったのに」

そう言ってレオンさんが、持っていた革袋の中身の一部を取り出し、カウンターの上へと置いた。

それは――

「え？　魔術結晶……？」

私はカウンターの上に置かれた、二つの真新しい魔術結晶をまじまじと見つめた。

「どういうことです？　師匠が頼んだ品ですか？」

レオンさんにそう聞くも、彼も困惑した表情を浮かべている。

「いや、聞きたいのはこちらの方だよ。ちょっと前いきなりジオに、〝至急、魔術結晶を十個作ってくれ〟と言われたから、こうして届けにきたんだけども」

「何も聞いていないですよ？　うちの工房の魔術結晶も壊れている様子はなさそうですし」

一応、作業場の壁に埋め込まれた魔術結晶を確認してみるも、やはり異常はない。

「魔術結晶は込められた魔力で自己修復も行えるから、基本的に物理的な破損でもない限りは壊れにくいんだけどね。しかしそうなるとジオは、何に使う為に魔術結晶を僕に依頼したんだ……？」

「さあ……？」

この魔術結晶、師匠は何に使う気なのだろうか。そういえば私、魔術結晶の詳しい原理を教えてもらっていないなあ。でもレオンさんに依頼したってことは、錬金術に関係するものなのだろう。

「レオンさん、この魔術結晶ってどういうものなんですか？　効果は分かるんですけど、理屈が分からなくて」

「ん？　ああ、そうだね。ジオが帰ってくるまでまだ時間があるだろうし、僕が教えてあげよう。ほら、見てごらん」

レオンさんが、細い、女性のような指で先ほど取り出した魔術結晶の内の一つを丁寧に分解していく。

「魔術結晶は、特殊な鉱石と魔導具を組み合わせたものでね。そしてこれが本体ともいうべき特殊な鉱石――〝伝播石（プロパゲート）〟だ」

レオンさんが手のひらに乗せたのは紫色の結晶で、うちの作業場にある魔術結晶のものと同じだ。でもレオンさんのやつは半透明で、今は光を失っている。

「これも迷宮（メイズ）産の鉱石でね。唯一無二の特性を持っている。それが――これだ」

そう言ってレオンさんが手に持っていた伝播石（プロパゲート）に魔力を込めると――

「あ、魔力が」

手の上の伝播石（プロパゲート）から、先ほど取り出した魔術結晶の内、分解していない方へと魔力が伝わってい

く様子が見えた
「伝播石(プロパゲート)は魔力を浴びると、それを別の伝播石(プロパゲート)へと送る特性があるんだ。だけども、そのままだと無差別に魔力を送ってしまうから、錬金術でまず本体とその送り先――それぞれ親機と子機と我々は呼んでいるもの、になるように特殊な加工をするんだ」

「へえ……錬金術ってそういうこともできるんですね」

「僕はそういう加工系の錬金術が得意なんだよ。で、特殊な加工によって親機と子機の繋(つな)がりが強まり、親機は浴びた魔力を子機に向かってしか送らなくなるんだ」

「でもそれだと、子機の方が、送られてきた魔力を送り返しちゃうんじゃ」

「そう。だからそうならないように子機には特殊な器具を取り付けることで魔力を送る力を阻害し、魔力を蓄えるだけになる。この魔力が魔導具の原動となるんだよ」

「なるほど。だから親機の魔術結晶に魔力を込めるだけで、魔導具の中に埋め込まれた子機の魔術結晶に魔力が補充されるんですね」

　作業場の壁の魔術結晶に魔力を込めると、工房内にある魔導具が使えるようになるのはそういう仕組みだったわけだ。

「凄い技術ですね」

　私の村にはなかった技術だ。それだけで、いかにこの帝都の技術が進んでいるかが分かる。

「ああ。今では帝都の生活全てに関(かか)わっているけれど、この伝播石(プロパゲート)は中々に貴重な鉱石でね。だけどもさっきも言ったようにそう簡単に壊れるものじゃない」

しかしそうなると、ますます疑問になってくる。

「なぜ師匠はそれをレオンさんに手配したのでしょうか？　それだけ貴重ってことはつまり高いってことですよね？」

「そりゃあそうだよ。しかも今回は妙な依頼でね。それで余計に高くついたし時間も掛かった」

「妙な依頼？　何がですか？」

「見れば分かる」

レオンさんが持っていた袋の中身を全て取り出した。

それらは全て、魔術結晶の親機と子機らしいのだけども——

「これは……」

レオンさんが言うには、子機が二個に対し、親機が——八個もあるらしい。

「妙だろ？　子機一個に対し、四つの親機がセットになっている。それが二セットでこれだよ。本当にこれでいいのかい？」

「んー……どうなんでしょう」

「何に使うにしろ、非効率的すぎる。一つの親機に対し複数の子機なら分かるが……その逆だからね」

子機が二個。

親機が八個。

意味が分からない。

「師匠は何を考えているんだろ」

「急ぎで、少なくとも一週間以内には絶対に届けろと言われたから、何かしら用途は決まっていたと思うけどね」

「一週間……それっていつ師匠に言われたんですか？」

「ん？　四日前だけど？」

四日前。それはラギオさんの依頼があった日だ。

期限が一週間というのも、あの依頼と同じだ。

子機が二個。親機が八個。

その数字の組み合わせは――

「……まさか」

「ん？　どうしたんだい？」

「あ、あの！　魔術結晶って魔力を送れるんですよね？」

「そうだよ？」

「じゃあ――魔力に付与していれば、属性も送れるってことですよね？」

私が前のめりになってそう聞くと、レオンさんがその様子に驚きながら口を開いた。

「属性を付与した魔力……？　どういうことだい？」

「えっと、だから……魔術結晶の親機に、例えば火属性の属性魔術をかけたとしたら――どうなります？　魔術結晶の子機へと火属性を送れるんじゃないですか？」

「魔術結晶に属性魔術？　そんなことを聞かれたのは初めてだよ。やったことがないから分からないけど、理屈としては、属性はいわば変質した魔力だから、送ることは可能だろうね」

「ですよね？　そうか、そういうことか！」

「え？　どういうこと？」

「ありがとうございますレオンさん！　確かにこの魔術結晶はこの組み合わせでいいんです！」

私が態度を急変させたので、レオンさんが戸惑う。

「そ、そうか。ならまあいいんだけど。で、これは何に使うんだい？」

レオンさんが優しい笑みを浮かべてそう聞いてきた。

なぜかその目は笑っていないような気がしたので――私は笑顔でこう返したのだった。

「――秘密です」

＊＊＊

レオンさんが帰ったあと、私は師匠が早く帰って来ないかずっとウズウズしていた。

流石に師匠が頼んだ物を勝手に使うわけにはいかないしね。

「しかも高い物だし……」

なんて工房内をうろうろしていると――師匠が帰ってきた。

「ふう、疲れた……」

「師匠！　魔術結晶使っていいですか？　いいですよね？　ありがとうございます！」

私は一気に言葉を畳みかけると、魔術結晶を持って作業場へと駆け込む。

「おーい、誰もいいとは言ってないぞ……って聞いてねえや」

そんな師匠のぼやきを背中で聞きながら、私は急いで精霊錬金の準備をはじめた。

「えっと……親機の魔術結晶から部品を外して……」

鉱石に付いている魔導具はあくまで付属品なので実験には必要ない。

そんな私の様子を、師匠は壁に体を預けながら見つめていた。

止めないところを見ると――やはり私の推測は間違っていないようだ。

「――おいで、シルビー」

私は精霊錬金の手順と同じく、素材となる伝播石（プロパゲート）と精霊水を錬金壺に入れてから精霊を召喚。

魔法陣から飛び出てきたのは、モフモフの毛に覆（おお）われたミツバチに似た姿の精霊――〝風の精霊、シルビー〟だ。

「しるる～！」

シルビーが嬉しそうに私の周囲を飛び回った。

「うん、よろしくね！」

私はシルビーにお願いして、錬金壺の中へと入ってもらう。

「きっと……いけるはず！」

風の精霊の中でも鉱石や金属を嫌がらない精霊で、クイナの代わりに融合してもらうことが多い。

私はゆっくりと慎重に魔力を注（そそ）いでいく。なるべく全体に均等に。

「そうだ。それでいい。魔力を伝播石（プロパゲート）に注ぎすぎると、子機に送られてしまうからな」

師匠が作業を見て頷きながら、そうアドバイスしてくれた。

「はい！」

しばらく混ぜていると、錬金壺の中で光が瞬きはじめた。

「っ！　反応が出ました！」

「よし、いけるぞ。最後まで慎重にな！」

「了解です！」

そうして……反応が終わったので、私は錬金壺の中身を取り出した。

「うわあ……綺麗」

紫色だった伝播石（プロパゲート）は鮮やかな緑色に染められており、半透明なその石の中心で、風が渦巻いているのが見えた。

「早速試してみようか」

師匠がその緑の伝播石（プロパゲート）に再び魔導具の部品を取り付け、魔力を込めた。

すると――

「……！　できてる！」

セットになっている子機に魔力が送られ、風属性を含んだ魔力が溢（あふ）れ出る。

「成功だ。よくやったエリス。これなら依頼は達成できそうだな」

「はい！　師匠、これが可能であれば……親機それぞれに違う属性を付与して、子機は剣に取り付けるってことですよね？」

子機が二個、親機が八個。しかも子機一個に対し、四個の親機だ。

これはつまり、親機を八つ全て違う属性にして、魔力を込める親機を変えることで自在に子機の属性を変えることができることに他ならない。

私の中で閃きが、連鎖していく。

「子機は剣……特に直接攻撃をする刀身に埋め込んで……親機は取り外しがしやすい体のどこかに装着できるようにすれば……火属性を使いたい時は剣に火の魔術結晶を付けて、水属性が使いたければ水の魔術結晶に変えればいい。これなら、二本の剣で八属性を使い分けられる！　この程度の大きさなら、親機を八個携帯するのも負担にはならない！」

「ふふふ……エリスは流石だな。そこまで思い付くとは」

師匠が嬉しそうに笑って、私の肩をポンと叩いた。

「でも、師匠。師匠はあの日、既にこれを思い付いていたのでは？　だからレオンさんに魔術結晶の注文をしたんですよね？」

「……ちっ、アイツめ、余計なことを言いやがって」

師匠が舌打ちをして、居もしないレオンさんを睨み付けた。

「あえて、教えてくれなかったんですよね。私が自分で気付くために」

「……まあな。エリスがあまりに、無理無理言うもんだから」

「すみませんでした……反省しています」

私が頭を下げると、師匠が優しい笑みで頷いた。

「分かればいいんだ。さて、剣をどういう構造にするかはある程度近所の鍛冶職人に相談してある。全部の属性の親機ができたら行ってくるといい。一日と掛からず完成するだろう」

「そこまで手を回しているとは……師匠どうしたんですか。まるで凄く有能な錬金術の師匠みたいじゃないんですか」

「おい。まさに俺は、それそのものだろうが」

師匠が苦笑いする。

「……そうでした！　では早速残りも作っていきます！」

「焦らずにな。魔術結晶は高いんだから。ああ、そうだ。これを魔術結晶と呼ぶのもややこしいな。何か新しい名前を付けないと」

「あ、でしたら――〝属性結晶〟ってのはいかがでしょう？」

「分かりやすくていいな。それでいこう」

「やった！」

こうして精霊錬金による産物に、属性結晶が新たに加わったのだった。

師匠の言った通り、全ての属性結晶ができ上がり近所の鍛冶職人のところへと持っていくと、全て手配済みなのか、一対の剣があっという間に完成した。

見れば、予定通りに属性結晶の子機がそれぞれの刀身に埋め込んである。親機の方は特殊なベルトに着脱可能な方法で装着されていて、剣の柄頭――剣の持ち手である柄の先――に、その都度取り付ける形になっていた。

取り付ける親機を変えれば、刀身に埋め込まれた子機から刃に伝わる属性も変わる仕組みだ。

「ふふふ、早くラギオさん来ないかなあ……どんな顔をするか楽しみだ」

私は、ラギオさんの来店を待ち望んでいたが――それから何日経ってもラギオさんは一向に姿を見せなかった。

既に、期限の一週間は過ぎているが、何の音沙汰もない。

「どうしたんだろ……」

「まあ、冒険者だからな。色々あるのだろうさ。こっちは既に用意しているんだから、気に掛けることはない。そのうち、ふらっとやってくるさ」

師匠はそう言うけども、私はどうしてもソワソワしてしまう。

「いっそ、拠点に持っていきますか?」

「んー、まあそれでもいいが。ならエリス、行ってくるか?」

「はい!」

「なら、これも」

そう言って師匠が渡してくれたのは、今回作った二本の剣の明細書だった。

そこには、ハイポーションなんて目じゃないぐらいの、とんでもない価格が書かれていた。

「これ、桁一つ間違っていませんか?」

「いいや。属性結晶を何個使っていると思ってるんだ? 更に機能性、稀少価値……その他諸々を含めたら安いぐらいだ。間違いなく、ラギオは喜んで支払うと思うぞ」

「そ、そうなんですね……」

私はなんだか急に怖くなって、二本の剣が入った包みを強く抱き締めた。

「気を付けていってこい」

「はい!」

私は師匠に見送られて、工房を出た。

今日の天気は曇天。雨が降っていないだけマシだろう。

「早くラギオさんに届けないと! クイナ!」

私は走りながらクイナを召喚し、風を纏いながら跳躍。

「きゅー!」

クイナと共に帝都の空を舞う。

風を切り、一度だけ行ったことのあるあの場所へと向かった。

目的地は——赤い竜の紋章が入ったあの酒場だ。

複雑な路地が入り組む帝都の街も、空を使えばあっという間に好きなところへと辿(たど)り着ける。

「見えた！」

立派な酒場が視界に映る。なんせ、Sランクギルドが拠点として使っているぐらいだ。派手さはないが雰囲気はある。

私はその酒場の前に着地すると、そのまま中へとズンズン入って行く。

しかしなぜか中は閑散としていた。

「あれ？」

前来た時は採用面接だったから人がいなかったのだろうけど、普段はもっと賑(にぎ)やかな感じだと思っていたのに。

「ラギオさーん、依頼の剣、持ってきましたよ～」

私がそう声を出すも、返事はない。

「……迷宮(メイズ)に行ったのかなあ」

にしても、誰(だれ)も残っていないのは変だ。

なんて思っていると、奥の扉が開いた。

「誰……？　って、エリスじゃない」

出てきたのは、メラルダさんだった。なぜか、妙に顔色が悪い。

「あ、メラルダさん！　ラギオさん、います？」

「……いないわ」

メラルダさんの表情が硬い。どうしたんだろうか。

「ああ、やっぱり。迷宮に行ったんですかね？」

「他のメンバーは帝都外に依頼で長期遠征中。ラギオは残った新人達を引き連れて表層に行ったんだけど……」

まるで苦虫を噛み潰したような顔でメラルダさんが言葉を続けた。

「帰ってこないのよ。本当なら三日前に帰ってくる予定だったのに」

「それって……何かあったんじゃ」

迷宮から予定通り帰ってこない。それが意味することを、一流の冒険者であるメラルダさんが知らないはずもない。

「分からないわ。いくら新人を連れているとはいえ、表層程度ならラギオ一人いれば、どうにでもなるはず。あたしはこないだ、ちょっとヘマして具合を悪くしてね……ついていかなかったんだけど……流石に三日も連絡がないとなると、探しに行かないといけないわ」

「具合悪いなら休んでた方が……」

何というか、メラルダさんが今にも倒れそうなほどに、フラフラしていた。

「そういうわけにもいかないのよ。Sランクギルドの副リーダーとして、ラギオはともかく新人達の安否ぐらいは把握しておかないと。それが、責任ってもの……よ……」

その言葉と共に、メラルダさんが床へと座り込んだ。

「メラルダさん？」

「大……丈夫……」

私が駆け寄ってメラルダさんの身体を支えるも、彼女の身体は、触れただけで分かるほどに熱くなっていた。

「凄い高熱じゃないですか！　休んでてください！　すぐに治療師を呼んできます！」

私が駆け出そうとすると、メラルダさんがなぜか私の腕を摑んで引き留めた。

「無駄よ……これは病気じゃなくて……毒だから」

「へ？　毒？　じゃあ解毒薬を……」

「それが効かないから困っているの……」

「解毒薬が効かない……？　待っててください、すぐに師匠を呼んできます。きっと師匠なら分かるはずです！」

私はメラルダさんを、酒場の奥にある彼女の私室のベッドの上まで移動するのを手伝うと、慌てて工房へと戻った。

「師匠！　大変です！」

私が勢いよく工房の扉を開けると、そこには既に来客があった。

「あ、エリスお姉ちゃん」

それはウルちゃんだった。なぜかその顔には切羽詰まった表情が浮かんでいる。

「どうしたエリス。ラギオに会えなかったのか？」

私が剣の入った包みをそのまま持っていることに気付いた師匠が首を傾げた。

「そうなんですけど、それどころじゃなくて！　拠点に行ったらメラルダさんが、毒で倒れてたんです。解毒薬が効かないとか何とか言ってて、師匠に見てもらおうと思って」

そう私がまくし立てると、師匠とウルちゃんが顔を見合わせた。

「なるほど……ウルの言う通り、大変なことになっているな」

「へ？　どういうことです？」

「この話は俺達が慌てたところでどうにかなるもんじゃない」

「でもメラルダさんが苦しそうで……」

「もしその毒が、僕が言っているやつと同じなら……すぐには死なないと思う……たぶん」

それから、ウルちゃんが私へ、ここへと来た理由を説明しはじめた。

「前も言ったけど……表層に未知の魔物が現れたんだ。そしてそいつは……未知の毒をばら撒いた」

「未知の毒……」

メラルダさんもそれで苦しんでいるのだろうか。

「うん。それで、冒険者街は大変な騒ぎになっているんだ。なんせ、既存のどの解毒薬を使っても効かないんだ。幸い、すぐに死に直結する類いの毒ではないのだけど、少なくとも戦闘なんてできないぐらいには弱ってしまう毒なんだ。だから冒険者街に次々と毒に冒された冒険者達が搬送されてきて、仕方なくポーションで対応しているけど……」

「それはマズいな。冒険者が動けないとなると、色んなところに影響が出るぞ」

「あのう……」

二人の会話を遮るようで大変申し訳ないのだけど、分からないことがあったので私は質問する。

「ん？　どうしたエリス」

「どの解毒薬もって師匠は言いましたけど、そもそも解毒薬って、どんな毒でも治すんじゃないんですか……？　なのにその毒には効かないってのは変ですよね？」

そう私が聞くと、師匠とウルちゃんがまるで親子みたいに同じタイミングで、同じ表情を浮かべる。

その顔にはこう書かれていた――〝こいつは、一体何を言っているんだ〟、と。

「あのなあ……。昆虫の毒、蛇や蛙の毒、キノコの毒、植物の毒……などなど、毒と言っても様々な種類がある。それが、たった一つの薬で治るわけないだろ？」

「でも、こないだ迷宮に行った時に冒険者が、解毒薬を用意しないと、みたいなこと言ってましたよ？」

「ああ。それはお互いそれが何を指すか分かっているから省略して言っているんだよ――見ろ」

そう言って師匠が後ろの棚から、小瓶を二つ取り出した。

それらはそれぞれ色が違い、ラベルに書かれている名前も違った。師匠が赤い液体の入った小瓶を指差す。

「これが、〝ブラックセンチピード用解毒薬〟だ」

「で、こっちは、〝ブラストフンガス用解毒薬〟」

今度は透明な液体の入った小瓶を指差した。

「このように、毒を持つ魔物専用の解毒薬や迷宮内で想定しうる毒の解毒薬は、多岐に及ぶ」

師匠の説明をウルちゃんが補足する。

「だからね、探索する時は、どの解毒剤を持っていくかを吟味するところから始まるんだよ。仲間同士だと当然どの解毒薬が必要か分かるから、何用の解毒薬かを省略することが多いんだよ。ただ、毒を持つ魔物自体はさほど多くないし対処法を知っていれば、必要ない場合もあるけど」

ウルちゃんの言葉に師匠が頷く。

「だな。だが解せないのは、大抵の毒には既に解毒薬が存在するはずなんだ。そもそもその毒を使ってくるのはどんな魔物なんだ？」

「うん……僕も詳しい状況は分からないんだけど、風が吹いたら毒に掛かったってみんなが……だから魔物の正体も分からないんだ。巨大な鳥だって言う冒険者もいるみたいだし、人みたいな姿だって話もある」

「そうか……ふうむ。ん？　どうしたエリス。不思議そうな顔をして」

それは当然そうなる。だって——

「毒って、そんなめんどくさいんですね。私はどんな毒でも精霊の力で治しちゃうんで、てっきり解毒薬もそれと同じかと……」

私の言葉を聞いて、師匠が喰い気味に聞いてくる。

「待て待て……精霊で毒が治せるってどういうことだ」

「へ？　いや毒の精霊がいるので、頼めば毒ぐらいは……あ、でも私にしか効果がないって父が言っていましたけど」

「……毒の精霊なんているんだ」

ウルちゃんの言葉に師匠も頷いた。

「いますよ。属性は水ですけどね」

「しかし毒を治せる精霊の力があるなら、あらゆる毒に効く解毒薬……いや万能薬と呼んだ方がいいか、が作れるかもしれないな」

「それは確かに！　これでメラルダさんや困っている冒険者を助けられますかね？」

その言葉にウルちゃんが頷く。しかしその顔には疑問の表情が浮かんでいる

「うん。でも万能薬なんて本当に作れるかな……？」

「早速やってみましょう！」

私が提案すると、師匠が首肯し、材料を準備しはじめる。

「とりあえず、まずは精霊水を使って各種解毒薬の元となる薬剤を作れば良いと思うのだが――」

そう言って師匠が取り出したのは、いつものビーカーと精霊水、それに謎の赤い液体だ。

「これは？」

私が怪訝そうにその赤い液体を見ていると、師匠が説明してくれた。

「これは〝ホースブラッド〟って呼ばれる液体でな」

「ほー」

「迷宮内に自生している木の一種である、〝ホースツリー〟の樹液だよ。色が血に似ているから、ホースブラッドと呼ばれていて、これが薬剤の原材料となる。さあ、いつものようにやってみるといい」

「はい！　おいで――ニーヴ」

私が右手で描いた魔法陣から紫色の、蛇に似た姿の精霊――〝毒の精霊、ニーヴ〟を喚び出した。

ニーヴは身体が液状で小さく波打っており、まるで液体が蛇の姿を借りているかのようだ。

「しゅー……」

息を吐くようなその声に私は頷きながら、材料を全て入れたビーカーに火を掛け、中に入るようにお願いする。いつもの精霊錬金と同じ要領で魔力を注ぎ、ビーカーの中身を混ぜていく。

「うーん」

「しゅー……」

いくらやれども、精霊錬金特有の反応が起こらない。

「ダメか？」

「はい……なんででしょうか」

「ふむ」

師匠が腕を組みながら何やら考えはじめた。

不思議そうに見ていたウルちゃんが私を見て、質問する。

「いつもはこれでできるの……？」

「うん。だから相性かもしれない」

もしかしたら、ニーヴの苦手なものが含まれている可能性がある。

「ちょっと聞いてみます！　ねえニーヴ、君は何が嫌いで何が好きなの？」

「しゅー！　しゅーしゅー！」

「うんうん、なるほど。この赤いのが嫌って言っているので……ホースブラッドがダメみたいですね」

「そうか……となると、万能薬は難しいかもな。解毒薬に必要な薬剤は全てこのホースブラッドを使うからな」

師匠が半ば諦めかけていると、ニーヴが再び話しはじめた。

「しゅー……しゅしゅー」

「ふむふむ……穢れた血は無理だけど、祝福された清らかな水なら好き――だそうです！」

毒蛇っぽい見た目なのに、ニーヴは意外と綺麗好きなのかもしれない。

「ふむ。祝福された清らかな水、か。うーん」

師匠がなぜか難しい表情を浮かべた。それだけは勘弁してくれ、と言った感じだ。

なんだろ。凄く貴重な素材とかなのかな？

「それって……聖水のこと？」

ウルちゃんがそう言うと、師匠が渋い顔で頷いた。

「そういうことだ」

「なんだ。あるなら、言ってくださいよ～」

早速それを使って再挑戦！と私が意気込んでいる横でしかし、師匠は動かない。

「エリス。聖水なら……うちにはない」

「へ？　ないんですか？　あれ、でも確か教本の材料一覧に載っていた記憶が」

「もちろん聖水を材料として扱う錬金術はある。一部の特殊な薬剤や魔導具の材料としても有用だ。だが——手に入れるのが大変でな」

「迷宮（メイズ）内でしか手に入らないとか？」

私が先回りしてそう言った。このパターンはもう覚えた！

「いや、この帝都内で手に入る」

「なーんだ。ならすぐに買ってくればいいじゃないですか」

「エリスお姉ちゃん。聖水は選ばれた聖職者が祝福して、初めて聖水として効力を持つんだよ。だから聖水を手に入れるには……アゼリア教の教会に行くしかない」

「それに何か問題が？」

アゼリア教はこの国のみならず、大陸全土に広く普及している宗教だ。

聖女アゼリアを信仰対象とするその教えは平和と愛を尊び、その教えの緩さからすぐに一般市民にまで浸透したそうだ。

その信者は、下手な小国の人口以上と言われ、どこの国も表面上はアゼリア教とは仲良くやっているとか。

実際この帝都も各地区に教会があるほどで、アゼリア教徒の数も多い。

私の生まれ育ったトート村は土着の精霊信仰が強かった為、イマイチその教えにはピンと来ない。

それでも存在自体は知っているし、その教会の門戸は常に市民に開放されていて、自由に出入りできるという話も聞いたことがある。

きっと聖水もお願いすれば貰えるのではないだろうか。だって、困っている人がいるんだし。

「聖水自体は貰えるんだが……貰うにはアレコレ条件があってな。寄付がないとまず話すら聞いてもらえない。なにより、俺はああいう輩が大っ嫌いだ」

師匠がそう言って、煙草を吹かしながらそっぽを向いた。

「……それって、ただたんに師匠が宗教嫌いなだけなのでは？」

禁酒禁煙禁欲を教えとするアゼリア教からすれば、お酒も飲むし、煙草も吸う師匠との相性は確かに悪そうだ。

「でもね、それだけじゃないよ。アゼリア教は迷宮や冒険者の存在を、公には認めていないんだ」

そう言ったウルちゃんまで、なんだか嫌そうな顔をしている。

「へ？　どういうこと？」

「奴等の教えによると、迷宮は地獄へと続く道であり、天国に行くことを最上とするアゼリア教にとって、わざわざ自ら地獄へと向かう冒険者は異端……つまり異教徒なのさ。奴等は無神論者や他宗教の信者には寛大だが……冒険者や迷宮が関わってくると、途端に頑なになってな」

「そんなめんどくさいんですね……」

「だから、冒険者が困っているから聖水を恵んでくれなんて言った日にはどうなることやら」

師匠がそう言って肩をすくめた。そんな師匠を見て、ウルちゃんが頷いた。

「僕も、アゼリア教は嫌い」

ウルちゃんが珍しく、キッパリと強い口調でそう言い切った。

「アゼリア教にとって、迷宮生まれのダンジョンチルドレンは悪魔の如き存在だからな。昔、酷い差別があったそうだ。今でもいい顔はしない」

「それは良くないなあ……ウルちゃんはこんなに天使なのに、悪魔だなんて！」

私は憤慨しながらウルちゃんのフワフワの金髪を撫でた。

「えへへ、ありがとうエリスお姉ちゃん。でも、聖水が必要なら……行くしかないのかも」

「冒険者はともかく、錬金術師はどうなんです？　アゼリア教的に」

「冒険者相手の商売が多いからな。当然好かれてはいないさ。ただ、俺らは俺らで色々とアゼリア教に貢献している部分がある。だから冒険者ほど露骨に嫌がらない……はず」

うーん。どうも冒険者や錬金術師と、アゼリア教との間にある確執はかなり根深そうだ。

「とにかく、一回教会に行って……」

「寄付を求められるぞ……多分かなり高額の」

「ど、どれぐらいですか」

「――これぐらいだ」

師匠が紙に書いた金額は、想像よりもずっと高かった。ハイポーションよりも高いよ！

「そんなに？」

「ただし一回寄付すれば、一年ぐらいの間はタダみたいな金額で聖水をくれるから、まあトータルで言えばさして高くない。だが、俺はあいつらが好かんから寄付なんぞ絶対にしない」

メラルダさんや冒険者達が毒で困っているんだから、そこはへそを曲げないでほしい――と、私が無言の圧力を師匠にかけ続けていると、

「はあ……分かったよ。金は俺が用意するから、教会に行ってもらってきてくれ」

「おー、やけに素直ですね」

「アゼリア教への嫌悪感より、万能薬に対する期待と興味の方が上回っただけだ。それに冒険者達には元気に採取をしてもらわないと俺ら錬金術師は困る」

師匠がそう言って、雑に金貨を詰め込んだ革袋を私へと差し出した。

これはつまり、今すぐ行けってことらしい。

「僕は、ここで待ってる……」

ウルちゃんがそう言うと師匠が頷いた。

「そうだな。その方がいい。茶でも飲みながら今の表層の状況を詳しく教えてくれ」

「うん」

「じゃあ、私は行ってきますね」

私は出掛ける準備をして、工房を後にした。

「ちゃんと聖水……貰えるかなぁ」

私はぼんやりとした不安を抱えたまま、この地区にある教会へと駆け出した。

そして私の予感通り——アゼリア教は一筋縄ではいかない相手だった。

＊＊＊

帝都——南地区、アゼリア第三教会。

静かな聖歌が響くなか、私は入り口近くにいた背の高い、なぜかやけに目深にフードを被ったシスターに事情を話すと、奥にある部屋へと案内された。

そこは小さな部屋だけど高価そうな調度品が置かれていて、奥の机に一人の中年男性が座っていた。

白い祭服を着ていてなんだか偉そうなこの人が、この教会の管理を任されている司祭だろう。

「初めましてですね、可愛い仔羊よ。私がこの第三教会を任されているミローニです。一応、司祭の位を預かっております」

そう言ってミローニ司祭が笑みを浮かべた。その舐めるような視線が、私のつま先から頭のてっぺんまで注がれて、思わず鳥肌が立ってしまう。

「え、えっと……エリス・メギストスです」

「エリス、ね。ふむ。貴女（あなた）は施しをご所望のようですが……」

「はい」

　私は師匠にアドバイスされた通りに、地味な色のワンピースを着て、髪の毛も銀の大きめサイズのバレッタでアップにしていた。

　更に絶対に精霊は連れていくなと言われたので、召喚はしていない。

　禁欲を尊ぶ教えだから、なるべく誘惑するような格好（かっこう）はしない方がいいそうで、アゼリア教の教え的に精霊は異端の存在なので歓迎されないとか。

　だから完璧（かんぺき）だと思ったのだけど……。

「年は？」

「へ？　あ、十六です」

「ほう……いいですね。肌の艶（つや）もいい」

「はあ……」

「どこか垢（あか）抜けていないところもいいですねえ……。貴女、帝都出身ではないでしょう」

「ええ、はい」

「ますます良いですね……」

　その視線が私の胸へと注がれていて、抱いていた嫌悪感が更に増大する。

　この豪華な部屋といい、禁欲とは一体何なのか問い詰めてやりたい。

「あの……寄付しますので、聖水をいただきたいのですが」

冒険者達が困っているんです……と言いかけて口を閉ざす。

「寄付ね。やれやれ……嘆かわしいことです。金さえ払えば、我らが精魂込めて作った聖水が簡単に手に入る、そんなふうに聞こえますね」

嘆くようなその言葉に、私は引き攣った笑顔を返すしかない。

「あはは……決してそういうわけでは……」

「そもそも、聖水を何に使う気でしょうか？」

ミローニ司祭が指を組み、私をねっとりと見つめた。

「えっと……それは……身を清めたりとか……」

毒に苦しむ冒険者の為に、なんて言えば絶対に嫌がられるのは目に見えていた。

「なるほど。洗礼用ですか。それでしたら、私専用の洗礼室を使えばいい。特別に、エリスにだけお貸ししますよ……？　ああ、もちろん作法を知らないようであれば、私手ずから洗礼を教えますが」

その光景を一瞬だけ想像し、私は露骨に嫌だという表情を浮かべてしまう。

なんだこいつ。

「それは嫌です」

「であれば……難しいでしょうなあ。私も無理強いをするつもりはないですが、信心のない者から寄付を貰うわけにはいきませんし、ましてや聖水を施すなど、とてもとても……。どうしても、と言うなら……私専属のシスターになりませんか？　それであれば、施しはできますが……ふふふ」

そう言っていやらしい顔で、私を見つめるミローニ司祭。

師匠やウルちゃんが妙にアゼリア教を毛嫌いする理由がこれではっきりと分かった。

全員が全員そうだとは思わないけども……こんな人間が司祭をやっている時点でアゼリア教は最悪だ。というかこんな人がいるなら師匠も予め言ってくれたらいいのに！

「寄付はします。だから、聖水をください。お願いします」

私はそうお願いするしかなかった。聖水が手に入らなければ、万能薬は作れないのだ。

ならば多少我慢してでもお願いするしかない。

「……君の信心次第でしょうなあ。エリス——脱ぎなさい。洗礼の方法を教えてあげましょう」

ミローニ司祭がそんなことを言いだした。

この人、もしかして頭おかしいのかな？

「脱ぎなさいエリス。一糸まとわぬ姿にこそ、信仰は表れるのですから」

「……いや、脱ぎませんけど」

「あまり私を困らせない方がいいですよ。貴女の名前と顔はもう覚えました。貴女のことを異教徒としてこの帝都の各教会に報せてもいいのですよ？　そうなったら、聖水を手に入れるのは絶望的でしょうなあ」

「なにそれ」

完全に脅しだ。

「脱ぎませんし、これ以上貴方のような最低な人間と話す気もありません。失礼します」

私がそう言って、退室しようとする。

「良いから……さっさと脱げ、小娘！」

「嫌です。変なことしたら叫んで誰か呼びますよ！」

「ここは元々祈禱室だ！　いくら泣き叫んでも音は外に届かないので無駄だ！」

業を煮やしたミローニ司祭が椅子を蹴る音が響く。

ミローニ司祭が近付いてくる。だけど私はなぜかミローニ司祭とは別の、妙な気配を部屋の外から感じていた。

あれ、誰か外にいる？　それは人というより……魔物や精霊に近いような、そんな変な気配だ。

だけども私はとりあえず身近の脅威へと、私なりの方法で対処することにする。

見られたら、その時はその時だ。

「――ハルト、やっていいよ」

ミローニ司祭の手が私の肩に掛かった瞬間――突如、髪をまとめていた銀のバレッタの形が崩れ、液体化。

アップにしていた私の髪がぱさりと落ちると共に、バレッタだった銀はハンマーの形となり――

「へ？」

ゴンッ！　という鈍い音を響かせながらミローニ司祭の頭部を強打。

「ギャッ！」

そのまま気絶したミローニ司祭が床へと倒れた。

幸いとも言うべきか、床の高そうなカーペットに音と振動が吸収される。

そうしてハンマーの形になっていた銀が、今度はチョーカーの形となって私の首に巻き付いた。

それは師匠のように自在に金属を溶かし、別の形へと変える技を持っていない私が、それを擬似的に再現する為に作ったアクセサリーだ。

素材は、〝液銀〟と呼ばれる常温でも液状である銀の一種に、騎士の精霊であるハルトを融合させた、精霊銀（せいれいぎん）。

元々が液体なので、私のお願いでハルトは自由自在に形を変えることができ、師匠の技を擬似的に再現できる。ただし、強度は師匠のものと比べるとイマイチなので、殺傷能力はない。

せいぜい、こうして気絶させるぐらいだけども、私としてはそれで十分だ。

ちなみに師匠にはまだ見せていない。なぜなら、見せたらへそを曲げてしまいそうだからだ。

しばらくは内緒にして師匠の面目が立つようにしておこうと思う。

私は触られた肩をはたくと、部屋の扉を開けた。もうこれ以上、一秒だってここにいたくない。

そのまま足早に廊下を抜け、聖堂の先にある入り口から外へと出る
「……ああ、もう最悪だよ！」

思わずそう叫んでしまうぐらいに、気分が悪い。

こうなったら、もう聖水は一生手に入らないかもしれない。師匠曰（いわ）く、聖水は保存ができず、貰ってすぐに使わないといけないそうだ。更に教会の教えで、第三者間での聖水の売買や受け渡し

は禁止されており、もしバレると異教徒扱いを受けるという。

つまり、私達以外の第三者がもらった聖水を売ってもらうということが、かなり難しいのだ。

「ああ……ちょっと短絡的だったかなあ……」

でも、あのエロ司祭に好き勝手させるつもりは毛頭なかった。

「はあ……どうしよう……」

私は少し離れたところにある広場のベンチに座り込むと頭を抱えてしまう。

このまま帰るのも情けないが……他にどうすることもできそうにない。

早く、メラルダさんを助けてあげたいのに！

「あの」

そんな私に誰かが声を掛けてくる。

顔を上げるとそこにいたのは、教会で最初に出会った、フードを目深に被ったあのシスターだ。

こうやってちゃんと見ると、その地味な色のローブの胸に当たる部分が大きく盛り上がっている。

この人、凄くスタイルがいい……完敗ですね、これは。

「ついて来てください」

そのシスターが私の手を取ると、広場の奥にある狭い路地へと入っていく。

あ、もしかしてミローニ司祭を殴ったことがもうバレた？

「あ、あの！　あれは不可抗力というか！　私は何もしてません！」

精霊がやったから！　セーフ！

「……貴女もミローニ司祭に脅されたんですね。どうせ、専属のシスターになれとか、そんなことを言われたのでしょう」

そのシスターが立ち止まると、私へと振り返った。

「へ？　えっと、はい。でも断りました」

あれ、てっきり教会へ連行されるのかと思ったのだけど、どうも様子がおかしい。

「そうなると聖水を合法的に手に入れるのは無理でしょうね。あの男はどうしようもない奴ですが……政治力だけはありますから。この一年で帝都の教区を牛耳る上層部はすっかり様変わりして、屑ばかりがふんぞり返っています。きっとすぐに手を回されて、どこの教会に行っても中に入れてくれないでしょう」

「貴女は……知っていて、あの部屋に連れていったのですか」

私は不快感を隠さずにそのシスターを睨み付けた。もしそうだとすれば、あのエロ司祭と同類だ。

「その通りです。だから私のことを軽蔑してもらっても構いません。ですが言い訳をさせていただければ……貴女ならきっと身を守れるだろうと思っての行動です。もちろん……貴女がもしただのか弱い少女ならば、適当に追い払っていました」

シスターが静かにそう言った。

「どういう意味ですか」

「貴女のそのチョーカー……先ほどはバレッタでしたね、から並ならぬ力を感じましたから。身を守れるのであれば……あの男と交渉して聖水を手に入れるという選択肢もあると思ったのです。ちなみに万が一の場合は、すぐに助けるつもりでした」

その言葉で私はようやくあの時、部屋の外に感じた妙な気配の正体が目の前のシスターであることに気付いた。

だとすれば……この人は――

「貴女、何者なんですか。本当にシスターなんですか」

「もちろん、正真正銘のシスターですよ？　ですが貴女が聞くべきはそこではありません。貴女が聞くべきは――」

そう言ってシスターが両手でフードを外した。

すると中に収まっていた銀色の長い髪が翻り――

「え？」

「それは……私が本当に人間かどうか――でしょう」

その頭部で、髪と同じ色の獣耳が揺れていたのだった。

＊＊＊

「そ、その耳！」

シスターの頭部で揺れる犬のような耳。となれば、ローブで見えないだけできっとお尻には……。

「ふふふ……獣人と会うのは初めてですか？　私はイエラ、しがないシスターです」

そう言って――イエラさんが妖艶な笑みを浮かべた。

彼女はメラルダさんとは別の方向性で、魅惑的な雰囲気を纏っていた。

「まさか帝都に獣人（セリアンスロープ）がいるだなんて……」

「でしょうね。長年、我々と人間は敵対関係ですから。特にこの帝国とは、二百年にわたる戦争を今もなお続けていますし」

大陸の南部一帯を支配する獣人（セリアンスロープ）達と私達人類は、古（いにしえ）の時代から争い合っていて、それは現代となった今も変わっていない。

大陸北部が帝国によって統一されたけども、依然として南部は獣人（セリアンスロープ）達の支配下にあった。

その為、獣人（セリアンスロープ）との交流は帝国法によって禁止されている。だから当然、イエラさんがこの帝国の中心部たる帝都にいること自体がおかしいのだ。

いつ、見付かって殺されてもおかしくない状況なのに。

「ついてきてください」

イエラさんが再びフードを被ると、路地の奥へと進んでいく。私は迷った末、その後を追った。

その背中へと、私は質問を投げる。

「……なぜシスターを」

そもそも、アゼリア教は人による人の為の宗教だ。

その教えの中でも獣人（セリアンスロープ）は魔物と同義であり、聖罰を与えるべき存在だと語られている。

なのに、獣人（セリアンスロープ）のイエラさんが帝都の、しかもアゼリア教の教会でシスターをやっているなんて、何かの冗談だ。

「貴女が思っているより人はずっと闇深く、そして愚かなんですよ。貴女が知らないだけで、この帝都には獣人がたくさんいます。見えないところで苦しみ、蠢いているのです」

「……そうなんですね」

その話が何を意味するのか。想像できるだけに聞きたくない。

「私はこの帝都にいる同胞達を守る為に、帝都の中でも独立した権力を持つ存在……アゼリア教に近付きシスターとなりました。幸いともいうべきか……アゼリア教の上層部は腐っています。少し色目を使っただけで……彼らの中の教えは私にとって都合の良いように歪みましたね。おかげでシスターの立場となり、苦しむ同胞達を助けることができました」

イエラさんが立ち止まった。そこはいわゆる貧民街と呼ばれる場所で、師匠には決して近付いてはいけないと言われている。

その中にある、今にも崩れそうな古びた建物にイエラさんが入っていく。

扉には、アゼリア教の施設であることを示す、二重十字の紋章が掲げられていた。

「どうぞ、中へ」

私はここまで来たら同じとばかりに、その中へと足を踏み入れた。

すると――

「お姉ちゃん！　おかえりなさい！」

「お腹すいたああ！」

「イエラさん、やっぱり解毒薬が効いてないよ。どうしよ……？」

「やっぱり人間の治療師に診てもらわないとダメなんじゃ」

「人間に頼るなんて間違ってる！」

「そんなこと言っている場合じゃないだろ？」

頭に獣耳、お尻に尻尾が生えた、沢山の子供達が私達を出迎えた。

どの子もボロボロの服を纏っているし、痩せ細っている。だけども皆、表情は明るい。

「はいはい、皆さん落ち着いて……」

イエラさんが笑顔でその子供達を宥める。しかし、彼らはそこでようやく私の存在に気付く。

「ん？　変な匂いがする」

「……っ！　ひっ！　人間！」

「嫌……嫌……！」

「ぎゃあああ！　逃げろおお！」

私の姿を見た子供達が悲鳴を上げて、奥へと逃げていく。一人の子は尻尾を丸めたまま、震えながらイエラさんの脚にしがみ付いていた。その子の瞳には、恐怖が見える。

「えっと……」

「……皆さん、彼女は善き人間です。怯えなくて結構ですよ」

イエラさんがそう言うも子供達が出てくる様子はない。代わりに、

「人間は出て行け！」

そんな声が投げられた。

正直ここまで誰かに拒否されるのは初めてで、心が締め付けられた。

怒りよりも、やるせなさがこみ上げてくる。一体どんな思いをすれば、こんな幼い子供達が見知らぬ人に対してこんなに怯え、そして敵意を向けるようになったのか。

「……来てください」

思わず俯いてしまった私にそう声を掛けると、イエラさんが奥へと進んでいく。

「イエラさん……ここは」

「ここは恵まれない子供達を集めた救護院です。様々な理由で虐げられてきた子達を、私はここで保護しています。形式上はアゼリア教の施設となっていますので、誰も手出しはできません」

「……なるほど」

奥へと進むとそこには小さな祈禱室があった。

片隅になぜか井戸があり、壁際には簡素な祭壇が設置されている。

「そこで見ていてください」

「はい」

イエラさんがいきなりローブを脱ぎはじめたので、私は思わず目を逸らしてしまう。

だけども、その下には肌着を着ていたので私はホッとする。

いくら同性でもやっぱりいきなり裸になられたらびっくりするよ。

すると彼女は井戸から水を汲み、それを鈍色の杯へと注いだ。

「あの……なにを」

私が聞くもイエラさんは答えずに、何やら作業を開始する。

彼女は井戸水を注いだ杯を祭壇へと捧げ、静かに祈りを捧げた。

「〝天にまします我らの母よ。願わくは御名を崇めさせたまえ、その奇跡を来たらせたまえ。その御心の天の如きを、地にもなさせたまえ。我らの杯に、その涙を与えたまえ。それこそが……我らの母、アゼリアなり〟」

不思議な感覚が私を包み込む。

それは魔力とは全く別種の力で、より繊細で……今にも消えそうなほど、儚い力だ。

これは……まさか。

「――我らに、祝福の涙を」

イエラさんがそう祈りを締めくくった。

「イエラさん、今のって」

彼女はやはり何も答えずに、杯に入っていた水を小瓶へと移した。

その水は、見ただけなら何の変哲もない水だけど……確かにそこには何かの力が宿っていた。

「エリスさん。貴女に……この聖水を差し上げます」

「やっぱり……」

あれが、きっと選ばれた聖職者のみが扱えるという、魔術とは全く別系統の技――〝祝福〟だ。

師匠曰く、祝福を施された物質は神性が宿り、厄介な魔物……アンデッドを滅却できたり、呪いを解いたりだの、魔術や錬金術では為し得ないことができるようになるそうだ。

「エリスさん。貴女、錬金術師ですよね？　なぜ聖水を欲しがっているか分かりませんが……きっと何かお困りのことがあるのでしょう。だから、この聖水は差し上げます。ですが、交換条件があります」

「なぜ、私が錬金術師だと分かったのですか」

「そんな不思議な物を扱えるのは、錬金術師ぐらいなものです」

イエラさんが私のチョーカーを見て、微笑む。それは確かにそうかも。

「それで、交換条件というのは？」

「実は――」

そこからイエラさんが語った内容は、なんというか運命を感じさせるものだった。

「私達の仲間……つまり獣人だけで構成された冒険者ギルドがあります。もちろん……迷宮局の許可なんてない、違法ギルドではありますけどね。そのメンバーが……実は毒に苦しんでいまして」

「……毒」

「はい。未知の毒で、既存の解毒薬が効かず困っているのです。仮に新しい解毒薬が作られたとしても……私達にそれが回ってくるとは思えません。彼ら冒険者の稼ぎでここは運営されていますので、このままだとここは……」

そう言ってイエラさんが俯いて、自分の手を強く握り締めた。

「私にできることは、何とかしてその新しい解毒薬を手に入れることだけです。解毒薬を作れるのは錬金術師のみ……だからこうしてエリスさんに声を掛けたのです。もちろん、貴女が獣人（セリアンスロープ）を毛嫌いしなさそうな善き人間だと思ったからではありますが」

なんという偶然だろうか。いや、ある意味必然だったのかもしれない。

「イエラさん。私がなぜ聖水を必要としているか、分かりますか？」

「……？　何か、錬金術に使うのですよね？　錬金術師が扱う魔道具の一部は、素材に聖水が必要なものがあると聞いていますが」

「本来の用途はその通りです。ですけど、今回は違うんですよ」

「違う？」

イエラさんが不思議そうにするので、私は笑顔を浮かべ、こう言ったのだった。

「まさに……その毒を治す万能薬を作るために聖水が必要だったんですよ」

「そうなんですか？」

「正直、聖水については諦めていました。でも、イエラさんがこうして作ってくれたのなら……万能薬ができるかもしれません！」

「本当ですか？　でしたら、ほんの少しでいいので、私達に……」

「もちろんです！　できたらすぐに分けますよ！　でも聖水がもっと必要かもしれません」

「分かりました。すぐに用意します！　あとから持っていきますので、ひとまずそれで作れるか試してみてください」

こうして——私はイエラさんの協力のおかげで、聖水を無事手に入れたのだった。

＊＊＊

「……おいおい、まさか教会を襲撃でもしたんじゃないんだろうな」

私が聖水と手付かずの金貨を持って帰ってきたのを見て、師匠が訝しげな表情を浮かべた。

「説明はあとです！　早速これで万能薬を作りましょう！」

私がそう急かすと師匠は頷いて、聖水入り大壺を作業場へと運ぶ。見ると、カウンターの隅っこでウルちゃんがスヤスヤお昼寝をしていた。天使すぎる……。

「さあ始めましょう。ニーヴ、手伝って！」

私が再び毒の精霊であるニーヴを喚び出す。前回と同じ材料、ただしホースブラッドではなく聖水を使い、ビーカーの中で混ぜていく。

「しゅー♪　しゅー♪」

なんだかニーヴも嬉しそうだ。

「どうだ？」

「いけると思います――ほら！」

ビーカーの中の液体がキラキラと瞬きはじめた。精霊錬金の反応の証拠だ。

「よしいいぞ、慎重に進めろ」

「はい！」

師匠も前のめりになって、私の精霊錬金の過程を見守っている。やがて、光が収まっていき——

「できた！」

「……素晴らしい」

ビーカーの中にニーヴの姿はなく、そこには半透明の紫色の液体が揺れていた。

それは、自ら渦を巻いていて、どこか意思があるような動きをしている。

「本来ならこうして生成した薬剤を元にもう一段階工程を経て解毒薬を作っていくんだが、そこは俺がやろう」

そう言って師匠が今作った薬剤を使って、ポーションと似たような工程で、万能薬へと仕上げた。

「よし、早速実験してみよう。エリス、もう一度ニーヴを出せるか？　複数の毒素を出して、中和できるかを調べるぞ」

「ニーヴ、おいで！」

再び召喚したニーヴに私はお願いし、全く別種の毒素をいくつか出してもらった。

それらを別々のビーカーに入れる。

「これが、ブラックセンチピードの毒で、こっちがキマイライーターの毒。これはえーっと」

「しゅー」

「ああ、そうそう、炎獄茸（えんごくたけ）の毒だそうです」

どれも禍々（まがまが）しい色をした液体で、異臭を放っている。

「キ、キマイライーターと炎獄茸の毒だと？　エリス、それは迷宮（メイズ）産の毒の中でも上位に入るやばい毒だぞ！　絶対に触れるなよ！」

師匠が珍しく慌てた様子だが、私からすればニーヴがいるので全く問題ないのだけど。

「とにかく、この三つの毒に効くならおそらくどんな毒にも効くんだと思います」

「分かった。試してみよう」

師匠がそれぞれ毒の入ったビーカーへと、私が生成した先ほどの万能薬をスポイトで垂らしていく。

「エリス、見ろ！」

師匠が嬉しそうに、ビーカーの中を私に見せてくる。

それぞれのビーカーの中で毒と万能薬が激しく反応を起こし、やがてそれが止まる。中に残ったのは、どれも無色透明の液体だけだ。

「あとはこれで、確認して……」

そう言って、師匠が薄っぺらい小さな紙片をそれぞれのビーカーの中へと入れた。

「これには毒に反応する薬が塗ってあってな。もし色が変われば、毒がまだ残っている証拠になるんだが……」

私と師匠が固唾を呑んで見守る中――紙片はどれだけ時間が過ぎても、色が変化する様子はなかった。

「……成功だ。間違いなくこの万能薬は三つの毒を中和した。凄いぞ、エリス！　これはある種、精霊鉄やハイポーションよりも偉大な発明かもしれん」

「すぐに残りの聖水を使って、作っていきましょう！」

「薬剤さえあれば、あとは俺でもやれる。まずはどんどん薬剤を作ってくれ」

「分かりました！」

そうやって作業し、私達の声で起きたウルちゃんが完成した万能薬を小瓶に分けていく。

そうしているうちに、イエラさんが追加の聖水を持ってきてくれた。

「あ、イエラさん！」

彼女が引く荷台にはたっぷりの聖水の入った壺がいくつも並んでいた。

「エリスさん、追加の聖水です……」

心なしか、イエラさんの声に覇気が無い気がした。

それに立っている姿にも力がなく、今にも倒れそうだ。

「ありがとうございます！　というか大丈夫ですか？　フラフラしてますけど」

「ええ……なんとか……」

「とにかく中で休んでてください！　師匠！　運ぶの手伝ってください！」

「おう！」

師匠がそう言いながら、銀騎士と共に壺を作業場へと運んでいく。

それから私が事情を全て説明すると、師匠は驚きながらもそれを受け入れた。

イエラさんもそれならもういいだろうと、フードを脱ぎ、カウンターに突っ伏していた。

露わになった獣耳や力無く垂れているふさふさの尻尾を、師匠は気にしている様子はない。

やっぱり、師匠って妙に心が広い気がする。

「エリスさん……これで足りそうですか？」

イエラさんの疲れの滲む声に、私はなるべく明るい口調で言葉を返す。

「多分、いけると思いますよ！　本当に助かります！」

「それは……良かったです……流石にこれだけの量に祝福を施すのは疲れますから……ふにゅー」

「あう……すみません、無理を言って」

私が申し訳なく思いながらイエラさんへと頭を下げた。

万能薬は見事完成したが、必要となる数があまりに多く、とてもじゃないが生産が追い付かない。

当然、一番のネックは聖水だった。でもイエラさんのおかげで、何とかなりそうだ。

「イエラ――エリスに、いや全冒険者に代わって礼を言うよ。ありがとう」

運び終えた師匠がそう言って、イエラさんの前に飲み物の入ったグラスを置いた。

「いえいえ……それもまた神に仕える者の務めですから。ありがたくいただきますね」

イエラさんが、グイッと飲み物を飲み干した。

妙に様になっているその様子から、実は結構な酒飲みなのではないかと私は疑った。

「昨今は、祝福が使える聖職者が少なくなっていると聞く。だからこそ、獣人でありながら、君はシスターとしていられるのだろう。しかし皮肉なものだな。人ではなくイエラのような獣人が神に選ばれたというのは」

「そうなんですか？」

「アゼリア教は、獣人(セリアンスロープ)を差別しているだろ？　だがその信仰対象である神……あるいは聖女アゼリアは、獣人(セリアンスロープ)であるイエラに祝福の力を与えた。俺からすれば、獣人(セリアンスロープ)を差別すべしという教えが、本当に聖女アゼリアの言葉なのか疑問に思ってしまうよ」

師匠がそう言って煙草を取り出し、火を付けようとするも、なぜか思い直してポケットにしまった。

「仰(おっしゃ)る通りです。アゼリア教内部でも、私の存在は不都合が多いようで秘匿されています。ミローニ司祭からすれば、便利な聖水製造要員としか思っていないでしょうが」

「政治の道具にでも使うつもりだろうな。エリスの話を聞いて、ますますあいつらが嫌いになったよ。イエラみたいな人がいるのも分かってはいるが」

「気にしないでください。私もまた、彼らを利用しているだけですから」

そう言って、イエラさんが力無く笑った。何か力になれることはないだろうかと思ったけども、師匠に、〝無責任なことは言わない方がいい〟、と言われそうなので、私は黙っているしかない。

「イエラ。今回作った万能薬についてだが、レシピについては秘匿するつもりだ。なぜなら、もし聖水が必要だと分かれば、迷惑が掛かるだろう？」

「助かります。アゼリア教の上層部がそれを知れば、きっと迷宮局(メイズ)や錬金局に圧力を掛けるでしょうね。いらぬ諍(いさか)いは起こさない方がいいでしょう」

私が二杯目をイエラさんのグラスへと注ぐ。

「イエラさんのお仲間の分は先に渡しますね。とりあえず十本あれば足りますかね？」

「はい、十分です。ありがとうございます。早速持ち帰って、仲間に渡します。この御恩は決して忘れません」

イエラさんが頭を下げるので、私は慌てて首を横に振った。

「いやいや、イエラさんのおかげで作れたんですから！　堂々と持って帰ってください！」

「でしたら、これをお二人に」

そう言ってイエラさんが何かを取り出した。それは、骨でできた小さな笛だった。

「狼笛（おおかみぶえ）、と私達は呼んでいます。それを吹くと、我々にしか聞こえない音が鳴るんです。更に、迷宮（メイズ）各地にその音色に共鳴する鈴を仕込んでいますので、聞こえたら近くにいる仲間が駆け付けて力になりますよ」

「そんな物を……いただいていいのですか？」

「貴女達が私達を救ってくれましたから」

「でも、それはイエラさんの聖水があったから」

「人は一人では、誰も、何も救えません。お互いを尊重し労（いたわ）ることで双方が救われる。そういうものです」

そう言ってイエラさんが微笑んだ。それを聞いていた師匠が、フッと小さく笑う。

「聖職者の説教は大嫌いだが――イエラのはなぜか聞いていられるな。笛はありがたく受け取らせてもらうよ」

「ふふふ、いつでも入信をお待ちしておりますよ、優しいお師匠さん」

「嫌なこった。禁酒禁煙禁欲なんてどう考えても俺には向いていない」

師匠がそう言って肩をすくめた。それを見たイエラさんが立ち上がる。

「それでは私は万能薬を仲間に届けたいと思います。また何か御用があればいつでも仰ってください」

「あ、はい！　ありがとうございました！　この笛も大切にします！」

私の言葉にイエラさんが微笑み、扉に手を掛けて外へと出ようとする。

彼女は背を向けたまま、最後にこう言った。

「ああ、そうそう。お師匠さん、アゼリア教では相手を慮る心があれば、酒も煙草も欲も、全て許されるのですよ？　獣人は鼻が利くので煙草の臭いを嫌うことを知っていたゆえに、吸うのを止めた貴方なら……きっと善き信者になれるかと。それでは――」

カランカランと鳴る鈴の音と共に、イエラさんが去っていった。

「……やれやれ。全部お見通しってか。久々に女に惚れそうになったよ」

「むー、そういう目でイエラさんを見たらダメですよ！」

私がちょっとむくれながら、師匠の脇腹を小突く。

「冗談だよ。なんだ？　嫉妬か？」

「はああ？　なんで私が嫉妬なんかしなきゃいけないんですか！　私はもっとしっかりした格好よくて強い人が好みなんです！　師匠みたいなポンコツは対象外です！」

「ほー、例えばどんな奴だ？」

師匠がからかうようにそう聞いてきたので、私は慌てて思考する。

「ラ、ラギオさんとか！」

「なるほど……ああいうのが好みか」

「いや、えっと……」

なんて話していて思い出した。

「そうだ、ラギオさんだ！　ラギオさん、表層から帰ってきていないらしいんですよ！」

「毒でやられているのかもしれないな」

「心配です……」

「まあ、無茶(むちゃ)はしていないと思うが。ああ、そうだ、メラルダには万能薬と一緒にこれも届けるといい」

そう言って、師匠がハイポーションの入った小瓶を取り出した。

「ハイポーションですか？」

「ああ。ポーションは直接飲むと、体力やスタミナを回復させる効果を持つ。きっとハイポーションならもっと効くに違いない。毒で弱った身体には丁度良いだろうさ」

「分かりました！　追加分の薬剤全部作ったら、行ってきます！」

ついでに剣も届けしてしまおう。

「僕は、早速できた分を冒険者街に運ぶね」

ウルちゃんが鞄(かばん)へと万能薬を詰めはじめた

「ああ、頼んだ。レシピだけは秘密にしておいてくれよ」

「うん！」

私は薬剤を作れるだけ作ったのち、万能薬とハイポーション、それと剣を届けるべく、メラルダさんの下へと向かったのだった。

＊＊＊

【赤き翼】の拠点にて。

「メラルダさん！　お待たせしました」

「エリス……それは？」

ベッドに横になるメラルダさんに、私は万能薬の入った小瓶を渡した。

「万能薬です！　これならきっと効くはずです」

メラルダさんがジッと私の目を見て頷いた。

「エリスを信じるわ」

そう言って、彼女が小瓶を一気に飲み干した。

「あと、これも」

私がハイポーションを差し出すと、メラルダさんが怪訝そうな顔をする。

「これは？」

「ハイポーションです！」

「そう……まあいいわ。ここまできたら一緒だもの」

メラルダさんが目を閉じると、ハイポーションを飲んだ。

すると、みるみるうちに顔色が良くなっていく。

「凄い……急に身体が軽くなったわ……」

それからしばらくして、メラルダさんが驚いたような声を上げた。

「毒も中和できていそうですが、まだしばらくは安静にしててくださいね」

「一体、どんな毒だったの？　どうやって解毒薬を作ったの？」

メラルダさんが不思議そうにそう聞いてくるので、私は自信満々にこう答えた。

「どんな毒だったかは分かりません！　でも、私の万能薬の前では関係ありません。だってどんな毒でも治してしまうのですから！」

「ふふふ……凄いわね。万能薬ですって？　うん、本当に凄い。一気に元気になった」

そう言って、メラルダさんが起き上がった。

「だ、大丈夫ですか？」

「ええ、お陰様でね。こうなったら、寝ていられないわ。ラギオを探しにいかないと」

メラルダさんが早速、荷造りをはじめた。何とも気が早い人だ。

「で、でも……流石にもう少し休んでた方が」

「その剣、ラギオが依頼していたやつでしょ？」

メラルダさんが、私が持つ包みを見つめた。

「はい。」

「なら、あたしが届けようか？」

「そうしてくれたらありがたいですけど……」

私はそう言ったものの、このままメラルダさんを行かせていいのか、少し不安になった。

間違いなく万能薬は効いているけども、言っても彼女は病み上がりだ。

それに、この剣については正直言えば、直接渡して説明したいという気持ちもある。

だから私は意を決して、口を開いた。

「メラルダさん、ラギオさんの捜索、私も一緒に行きますよ。知り合いに優秀なガイドもいますし、人手は多い方がいいかと思います」

「それは……そうだけど」

メラルダさんが迷ったような表情を見せた。何を考えているか分からないけども、断る様子はなさそうなので私は彼女の持つ荷物を代わりに背負う。

「さ、行きましょう！　捜索隊も出ているでしょうし、きっと無事ですよ。それに万能薬も冒険者街に届いているはずです。私も数本持ってきていますから大丈夫です」

「……そうね。ありがとうエリス」

メラルダさんが小さく微笑んだので、私は頷いた。

「いえいえ。困ったらお互い様です」

「その気持ちがもう少し上位ギルドにもあればね……」

「へ？」

「いえ、なんでもないわ。急ぎましょう」

「はい！　あ、でも……」

私はすっかり忘れていた。

私は錬金術師見習いであり、迷宮に入るには……誰か錬金術師の付き添いでしか入れないことを。

師匠を呼んでくるしかない。

「ああ、それなら大丈夫よ。錬金術師の付き添いであればいいのでしょう？」

メラルダさんがそう言って、一枚のカードを取り出した。

それは――

「え……なんでメラルダさんが……錬金術師資格証を持っているんですか？」

師匠と同じ国家認定の錬金術師の証しである、資格証だった。

「……あたしは元々錬金術師だったのよ。でもその退屈な仕事に嫌気が差して、魔術師に転向したの。ま、でも資格はあると便利だし更新だけはしていたんだけど、まさかこんなふうに使う時が来るとはね」

メラルダさんが微笑むと、酒場の扉を開いた。

「というわけで行くわよ、我が弟子。世話のかかるリーダーを迎えにいきましょう」

そんな冗談めかした言葉に、私もノリノリで答えたのだった。

「はい、メラルダ師匠！」

第八話　峡谷に毒の風が吹く

迷宮表層（メイズ）──〝冒険者街〟

街は、前に来た時とは雰囲気が変わっていた。

あちこちに仮設のテントが立てられていて、中には負傷している冒険者達（たち）が横たわっていた。

「くそ、また負傷者が出たぞ！　万能薬（ばんのうやく）を持ってこい！」

「どいつもこいつも手一杯だってよ！　とりあえずポーションをぶっかけておけ！」

「万能薬はないか⁉」

「館にいけばあるはずだ！」

そんな怒号が飛び交っている。前は開拓地のようだと思ったけど、これではまるで戦場だ。

「……マズいわね。想定よりもずっと被害が広がっている」

その状況を観察していたメラルダさんがポツリと呟（つぶや）いた。

「メラルダさん、とりあえず館に行きませんか」

「そうね。この様子じゃ、捜索隊も満足に出ていなさそうだけど」

私達が広場の一角にある〝冒険者の館（ぼうけんしゃのやかた）〟へと入ると、そこは外以上の混乱に支配されていた。

「西方面への捜索隊が全滅⁉　第二班をすぐに出せ！」

「だから人手が足りてないんですってば〜」

「万能薬のストックはまだあるか？」

「ありますよ！　すぐに持ってきます！」

冒険者とガイド、それにここの店員がそこかしこでお互いに叫び合っていた。

どうやらやはり、ただごとではなさそうだ。

私達は、カウンターの中で忙（せわ）しなく指示を飛ばしている女性——受付嬢のミリアさんの下へと向かった。

「ミリアさん！」

「ん、エリスじゃない！　丁度良かったわ！　って珍しい組み合わせね……ジオは？」

私とメラルダさんの顔を交互に見るミリアさん。

私が無言で首を横に振ると、メラルダさんが口を開いた。

「事情があってね。エリスを連れてうちのリーダーと新人達を迎えにきたわ」

「……やっぱりラギオさん、まだ戻っていないのね」

ミリアさんの表情が曇る。

「ミリアさん、一体何が起こっているんですか？　万能薬がもしかして尽きそうですか？」

ウルちゃんが既に万能薬をここで配っているようだが、その数が足りなさそうだ。

「その通りよ。エリス、万能薬のストックがつきそうなの。まだ在庫はある？」

「沢山（たくさん）ありますよ。誰（だれ）か使いを上に送ってください。そういえばウルちゃんは？」

「ああ、彼女ならさっき上に戻ったわ。すれ違いだったみたいね」

「むー、残念」

居ればラギオさん捜索に力を貸してもらおうと思っていたのに。

「とりあえず、何が起きているのか説明するわ」

そう言ってミリアさんが説明をはじめた。

「そもそもの発端は、〝大変動（だいへんどう）〟によって、北に未知のエリアが出現したことよ」

「未知のエリア？」

私の疑問に、メラルダさんが答える。

「……〝大峡谷（だいきょうこく）〟のことね。迷宮（メイズ）の歴史を振り返れば、〝大変動〟はたびたび起こっていたことは確認されているけど、既存のエリアの位置がズレるだけに留（とど）まることが殆（ほとん）どなの。だけども、稀（まれ）に……観測されたことのないエリアがいきなり出現することがある」

「それが……今回で言う大峡谷なんですね」

私の言葉にミリアさんが頷（うなず）き、説明を続けた。

「それでね、当然冒険者達は喜び勇んで、まだ見ぬ素材やお宝を求めて探索を開始したのだけど……探索中の冒険者達を次々襲った毒によって探索は中断、大峡谷も封鎖された」

「私も毒を受けたのは、その〝大峡谷〟でよ」

メラルダさんがそう補足する。

「だから、詳しく大峡谷を調査するべく精鋭である冒険者達を中心とした調査隊を送り込んだのだけど……その後音信不通になった。毒についても、例の毒を浴びた連中は皆、知らない間に毒にかかっていたと証言しているわ。何も攻撃を受けていないのに、いつの間にか毒を食らっていたって」

「え？　魔物に襲われたわけでもないのに、毒を？」

どういうことだろうか。例えば火山などの近くには、致死性のガスが地面から吹き上がることがあるらしいけど、話を聞いているとそんな感じではなさそうだ。

「大峡谷には時々強い風が吹くらしいの。そしてその風が吹く時に限って、冒険者は毒にかかってしまう。あたしも、気付けば毒に掛かっていたわ」

「風……？」

「だから、我々はその毒をこう呼称することにした――〝蛇風（ククルカン）〟、と。その発生元も原理も今のところ不明。おそらくは最近目撃情報が上がっている未知の魔物によるものだと推定されているわ」

ここまで聞いて、メラルダさんが首を傾（かし）げた。

「それはそうだとしても――この街がここまでの事態になるとは思えないわ。だって今は大峡谷が封鎖されて、調査隊しか入れないのでしょ？　なら一般的な冒険者は蛇風（ククルカン）にはかからないはずよ」

それはその通りだ。今の状況を見ていると、まるで表層全体で異常が起こっているような感じだ。

「……その蛇風（ククルカン）が、大峡谷から拡散しはじめたのよ。どうやら発生源となる魔物は広範囲に生息、あるいは――移動している可能性が高い」

「それは危険な状況ね。下手したら……一時的に迷宮（メイズ）を封鎖する必要があるかもしれないわ」

メラルダさんの重い言葉に、全員が言葉を無くした。

「と、とにかくラギオさんを捜さないと」

私がそう言うと、ミリアさんが深刻そうな表情を浮かべる。

「ラギオさんなら……大峡谷で消息をたった調査隊を救出しに、一人で向かったわ。彼が率いていた新人達はみんな無事で、この街で救護活動をしているはずよ」

そのミリアさんの言葉に、メラルダさんが舌打ちをする。

「あの馬鹿(ばか)……勝手に……。でも、新人達が無事で良かったわ」

「一人でって……無茶(むちゃ)ですよ」

「そういう男なのよ、あれは。じゃあミリア、あたしもラギオを追って大峡谷に向かうわ。それと、エリス、あんたは残って万能薬を作りなさい。大峡谷は危険だから、流石(さすが)に巻き込めないわ」

「一人で行くのは危険ですって！　薬なら私の工房にストックが沢山があります。それに今から新しいものを作るにしても、材料を揃(そろ)えるのに時間が掛かりすぎます。それよりも、調査隊やラギオさんを救出する方が先でしょう」

私がそう言うと、ミリアさんも頷いた。

「もう既に表層の探索は自粛させているわ。だから、これ以上蛇風(ククルカン)による被害が増えることはないと思うし、ストックがあるなら何とかなる。それよりも調査隊とラギオさんが心配だけど、残念ながら私達にこれ以上動かせる人員がいないのよ」

「他のSランクギルドは？」

メラルダさんがそう聞くも、ミリアさんが首を横に振った。

「【眠れる竜】は現在中層にダイブ中。【ガロンダイト】は皇宮の任務で動けない。【ルクスの灯火】は例によって例の如く、好き勝手やってて連絡すら取れないわ」

ミリアさんがため息をつく。どうやら本当に人手不足らしい。

「タイミングが悪いわね……うちの主力メンバーも帝都外に遠征中だし」

「だから、ラギオさんの申し出はとても助かったのよ。でも甘えていたわ……いくらSランクの剣士だからといって、一人で行かせるべきではなかった。おそらくだけど、この未知の魔物は中層……あるいは深層の魔物かもしれない」

「だったら余計にあたしも行かないと。ラギオと合流さえできれば……私達二人に倒せない魔物なんていないのだから」

メラルダさんのその言葉には、確かな説得力があった。

「そうなるとやっぱり一人で行かせられませんよ。なんせ一刻を争う事態です。私もお手伝いします。ラギオさんにもメラルダさんにも助けてもらった恩がありますし」

私はそうメラルダさんへと伝えた。

いくらメラルダさんが強い魔術師でも、一人で行くのは危険過ぎる。

「それに私はラギオさんや他の冒険者ほど強くはないかもしれないですけど……いないよりはマシでしょう」

決意を浮かべた私の顔を見たのか、メラルダさんが大きく息を吐いて、頷いた。

「……そうね。ケイブクイーンを倒せる実力があるなら十分。じゃあエリス、お願いできる？　どんな危険が待っているか分からないけども」

「どんな毒や魔物が待っていても大丈夫ですよ」

なんせ私の作った薬は……万能薬だからね。どんな未知の毒だろうと全て解毒すればいい。

こうして私はメラルダさんと共に、ラギオさんそして調査隊を救うべく――未知のエリアである大峡谷へと向かうことになったのだった。

＊＊＊

私は冒険者街を出ると、早速イエラさんに貰ったあの笛を使うことにした。笛からは何も聞こえてこないが、確かに何かが発せられた。

「それは？」

「狼笛、と言うそうです。戦力は多い方がいいかと思いまして」

すると――

「っ！　馬鹿な、こんなところにシルバーウルフが⁉」

メラルダさんが、遠くからやってくる何かを見付けて臨戦態勢に入る。それは、人ほどの大きさはある銀色の狼だった。あれ、私、獣人の助けを呼ぼうと思ったのに、魔物を呼んじゃった？

だけども、その銀狼からはなぜか敵意や悪意を感じない。

「様子が変ね……」

メラルダさんも杖(つえ)を構えるが、どうにも魔物とは違う様子のその狼を見て困惑する。

「あれ、もしかして」

その大きな銀狼が近付いてくると、私の頬(ほお)をペロペロと舐(な)めた。

「あはは、くすぐったいよ！」

すぐ近くにある銀狼の目を見ると、それはどこかで見たような目だった。

モフモフの銀色の体毛が、誰かを想起させる。

「まさか……え？　イエラさん？」

私がそう聞くと、銀狼がコクりと頷き、その姿が光へと包まれた。

「これは……まさか」

メラルダさんが目を見開いた。そりゃあそうだろう。私だって驚く。

だって大きな狼が目の前で――美人のシスターへと変身したのだから。

「イエラさん？」

「まさか、早速呼ばれるとは思いませんでした。エリスさん、びっくりしました？」

イエラさんが私へと微笑(ほほえ)む。いや、びっくりどころの騒ぎではない。

「聞いたことあるわ……上位の獣人(セリアンスロープ)は獣の姿に変身できるって……まさか実物を見る日が来るとは……エリス、貴女(あなた)本当に何者なの？　この人は知り合い？」

メラルダさんが混乱した様子で私に尋ねてくるので、事情を説明した。

「なるほど……そう言うことね。あたしはメラルダ、よろしくね」

「ええ。よろしくお願いします。私は丁度エリスさんにいただいた万能薬を仲間の冒険者達に届けたところなんです。皆すっかり元気になりましたよ。それで帰ろうとしたら、狼笛が鳴ったのでやってきた次第です」

「イエラさん、実は――」

　私が大峡谷に行きたい旨を伝えると、彼女はなるほどと相づちを打ち、こう提案してきた。

「一刻を争うのであれば……私の背に乗ってください。大峡谷なんてあっという間ですよ」

　その言葉と共に、イエラさんが再び狼の姿へと変身する。

「良いんですか？　メラルダさん、乗りましょう！」

「え、ええ……そうね。そういう柔軟性を……あたしも持つべきかしら？」

　なんてブツクサ言うメラルダさんと私が、銀狼となったイエラさんのモフモフの背中に飛び乗った。

　イエラさんが銀色の風となって、表層を駆け抜ける。

　魔物がいようが、お構いなしだ。

「凄(すご)い、快適だ！」

「速い上に、魔物も無視できる……うちのギルドにも獣人(セリアンスロープ)を採用しようかしら」

　そうやって駆け抜けていくと、だんだん周囲の景色が、草原から荒れ地へと変化していく。

「見えたわ。あれが――大峡谷よ」

　メラルダさんの視線の先。

そこはまさに〝大峡谷〟と呼ぶに相応しい景観をしていた。

目の前に広がるのは隆起した茶褐色の大地。更に巨大な地割れが南北に走っている。

すると、イエラさんが立ち止まった。どうやらここまでということらしい。

彼女が変身を解くと、申し訳なさそうな顔をする。

「すみません、この先に冒険者のキャンプがあるようなので、私はここまでです。もし更に援軍が必要なら再び笛を鳴らしてください」

「分かりました！　お疲れのところ、ありがとうございました」

「いえいえ、それでは、また」

イエラさんが再び銀狼の姿になって、去っていった。

「さて……行きましょうか。そのキャンプは多分、調査隊のものよ」

砂混じりの強い風で、メラルダさんの紫色の綺麗な髪がなびく。

彼女の視線は目の前にある地割れへと向けられていた。

深く広いその地割れの崖に沿って、細い道が下まで続いている。

私達が冒険者のキャンプに近付くと、恰幅の良い中年男性が中から出てきて声を掛けてきた。

冒険者らしい格好をしているが、腕に腕章を巻いている。

「おや、君達は？」

「ラギオと同じギルドのメラルダよ。こっちは助手のエリス」

「おお、あんたが噂の魔女か。良かった、戦力が足りなくて難儀していたんだ」

その男性はルスラと名乗った。調査隊の隊長で、ここ大峡谷の管理を迷宮局(メイズ)から依頼された調査専門の冒険者――探査師(サーチャー)なんだそうだ。

「それで？　うちのリーダーはここを下りていったのね」

「その通りだよ。僕達が送った第一次調査隊がこの地割れの下へと行ったっきり帰ってこなくてね。見ての通り、下まで続く道はその細い崖沿いの道だけで、大人数で進むには不向きな場所だ。だから少数精鋭がいいと伝言を送ったら、ラギオ氏が来てくれたんだよ」

ルスラさんがそう言って、苦い表情を浮かべた。まさかSランクギルドのリーダーで、帝都でも五本指に入る剣士であるラギオさんまでが、消息を絶つとは思わなかった……そんな感じの表情だ。

私は風で乱れる前髪に少しイライラしながら、二人の会話を聞いていた。

風がビュービュー吹いているせいで、そもそも聞き取りづらい。

「うちのリーダーが世話を掛けたわね。下の状況は？」

「残念ながら不明だよ。ただ聞いていると思うが、〝蛇風(ククルカン)〟が最初に吹いたのはここだ。何が潜んでいるやら」

「なるほど。〝蛇風(ククルカン)〟への対策は？」

「今のところはない。風とはつまり空気の流れであり動きだ。空気を完全に遮断するのは、呼吸を行う我々には不可能だよ」

「厄介ね」

むー。風が鬱陶しくて、会話が頭に入ってこない。

「……クイナ！」

私がクイナを召喚する。

「きゅい！」

クイナが察して、私の周囲に風を渦巻かせた。吹いてきた風とクイナの風とがぶつかり相殺する。

「ん？　エリス。今のは？　マナの流れを感じたけど」

メラルダさんが私へとそう聞いてくる。

「へ？　マナ？」

「ああ、精霊の力ってことよ。魔術は、大気や大地、その他色々な物質に宿っている精霊の力、マナと自身の魔力を組み合わせて発現、行使するものなのよ。今、風のマナを感じたから」

「ああ、風が鬱陶しいからクイナに頼んで、相殺させているだけです」

「……なるほど。やっぱりエリスはお馬鹿そうに見えて、賢いわね」

メラルダさんが感心したようにそう言うと、私へと微笑んだ。

「お、お馬鹿そう？」

確かに私は、頭脳明晰ってタイプではないけど、お馬鹿そうは心外だ！

あ、でも師匠に〝油断していると口がぽかーんと開いててマヌケっぽいぞ〟――と言われたことがあったっけ。

「ふふ、冗談よ。ルスラ、〝蛇風〟対策なら今思い付いたから問題ないわ。風を遮断するのが難しいなら……吹き飛ばせばいい。あたしとエリスならそれができる――ね？　エリス」

「へ？　ああ、はい。多分」

「そ、そうか？　ならいいが。だが、間違いなく〝蛇風(ククルカン)〟は魔物由来のものだろう。油断しないでくれ」

「とにかく、〝蛇風(ククルカン)〟を何とかしないことには救助隊も満足に送り込めないわね。私とエリス、それに生きていたらラギオの三人で原因を突き止めて、その魔物を排除しないと」

生きていたら――その言葉に、私は気を引き締めた。

ここから先は遊びではないのだから。

「行きましょう、メラルダさん」

私の表情を見て、メラルダさんが頷く。そんな私を見たルスラさんが信号弾を撃つ専用の魔導具を手渡してきた。

「ご武運を。何かあればすぐに信号弾を飛ばしてください。赤ならば緊急事態、青なら問題解決済みと判断しますゆえに」

「了解よ――いつでも救助隊を送り込めるように待ってなさい」

メラルダさんがそれを受け取り、不敵な笑みを浮かべる。

そうして私達は谷底に続く崖沿いの道へと踏みだした。

風が複雑な凹凸を描く岩肌にぶつかり、独特の音を奏でていた。

まるで、泣いているかのような嫌な音だ。私の好きな風の音とは違う。

一歩ずつ、私達は階段状になっているその道を下っていく。

「エリス、この道ではあたしの魔術は使えないから、貴女の力で風を相殺できる？」

「任せてください。クイナ、メラルダさんも風で包んであげて」

「きゅー！」

クイナがその小さな翼を広げると私を包んでいた風の渦が広がり、メラルダさんを包み込んだ。

バタバタとなびいていたメラルダさんの紫髪がストンと落ちる。

「便利な力ね……魔力もほぼ使っていないのでしょう？」

「はい。あくまで、クイナの力ですから。ここからあれこれしようとすると、流石に魔力は使いますけど」

「なるほど。エリス、貴女は錬金術師じゃなくて魔術師になったら？　よっぽど面白いわよ？」

そんなことをメラルダさんが言いだした。元錬金術師である魔術師の言葉として、それは正しいのかもしれないけど……私はそうは思わない。

「むー、錬金術師も楽しいですよ！　それに師匠を裏切れません」

師匠のおかげで錬金術の楽しさを知ったし、錬金術師見習いになったことを私は全く後悔していない。だから私の中で今更冒険者になる、という選択肢はもうなかった。だって、師匠の弟子じゃなくなるしね！　回り道かもしれないけど、私はこの道を選んだ。それで、いいと思う。

そんな私の顔を見て、メラルダさんが微笑む。

「残念。弟子にしてあげようと思ったのに」

「それはそれとして、魔術は教えてほしいですけどね！」

だって、いつか助けてもらった時のメラルダさんはとってもカッコ良かったもの！

「ふふふ、いつかね」

そんな会話をしていると、私はふと気になっていることをメラルダさんに聞いてみた。

「そういえばメラルダさん。この道って……誰が作ったのでしょうか？」

階段状になっているこの崖沿いの道。この大峡谷は未発見だったし、いくらなんでも調査隊の人達がここを見付けてから作ったとは思えない。

つまり――最初からこの道は存在していたことになる。

それに、メラルダさんやラギオさんに助けてもらったあの遺跡林。あそこに点在していた遺跡は――誰かが作ったからこそ、残っているのだろう。

「へえ。そんなことに気付くなんて、やっぱりエリスは面白いわね。新人の子でもそれを聞いてくる子は滅多にいないわ。でも、答えを先に言うと――分からない。我々人類がこの迷宮（メイズ）を見付けてもう五百年以上が経（た）つけども、それ以前に誰かしらが潜っていても不思議ではないわ」

「五百年も前からあるんですね、ここ」

私の言葉にメラルダさんが頷く、

「とても古い場所なのよ、ここは。だから元々文明があったのかもしれない。いずれにせよ、それを調査する為（ため）にルスラ達がいるのよ。もしかしたら、迷宮（メイズ）局の上層部は何か知っているのかもしれないけども」

「迷宮（メイズ）って不思議な場所ですよね。上を見ても空しかない。本当にこのずっと上に帝都はあるのでしょうか」

私は空を見上げて、思わずそう言ってしまった。

あの雲の先に天井があり、その上に帝都があるとはどうしても思えなかった。

「物理的に言えばあるはず。でも、確かめた人はいない。帝都の別場所から掘削して表層への別ルートを作ろうとした計画が大昔にあったらしいけど、あまりに硬い岩盤に当たってしまって、当時の技術や魔術を全投入してもそれに傷一つ付けることができなかった。だから——本当に帝都の地下に迷宮があるかどうかは証明するのは難しいわね」

「大階段はちゃんと物理的に繋がっていましたけど」

「ええ。でも、大階段で到達する深さとこの空の高さを考えると、やっぱりおかしいのだけどね。ま、それも含め、深層に行けばきっと何かが分かるのよ。だから冒険者達は下を目指す。そこにきっと秘密が眠っているから」

そう話すメラルダさんの顔には、ワクワクが隠しきれないような表情が見えた。

それは、なんだか意外な一面だ。大人な女性なイメージのメラルダさんから、そんなどこか子供のような好奇心が見えるとは思っていなかった。

「何よ、まじまじと人の顔を見て」

「いえ。メラルダさんもやっぱり冒険者なんですね」

「あはは、どういう意味よそれ」

メラルダさんが愉快そうに笑う。そうしているうちに、いよいよ谷底が見えてきた。

「着いたわね。しかし、これは……なるほど」

谷底にはごつごつした石や砂が転がっている。

地割れは方角で言えば、南北に走っているのだけども、ここはその南端だ。

背後は、崩れた岩が山のように積み重なっていて、塞がっている。隙間から風が通っているのが音で分かる。

北へと続くこの谷底は左右にある崖に挟まれ、遮蔽物は一切なく、常に北から南へと向かい風が吹いているのだ。

「もしこの風に毒が混じれば……確かに防ぎようがないですね」

「ええ――普通の人ならね。エリス、クイナの力を解いていいわよ。精霊の力はまだ温存しといた方がいい」

「え？　でも風が」

「任せなさい」

私がクイナの風を解除すると、メラルダさんがニヤリと笑い、杖を掲げた。

「クイナのおかげで存分に風のマナが使えるから。見てなさい。〝女神よ、勝利を我に息吹け――【ウェザーベインの心変わり】〟」

膨大な魔力が紡がれ、メラルダさんが掲げた杖が円を描いていく。それと同時に――私達の後方から強い風が吹いた。

「え？」

「向こうから厄介な風が吹くなら――風向きを変えればいい」

いやいや！　簡単に言うけど、風向きを変えるなんてめちゃくちゃ凄いことですからね⁉

いつだか父が、天候操作は最も難しい魔術の一つだと言っていた。

これはまさに天候操作そのものだろう。

改めて、メラルダさんの凄さが分かった気がした。

「さあ、気紛(きまぐ)れな風見鶏(ウェザーベイン)がこちらを向かないうちに、先に進みましょ」

メラルダさんが魅力的なウインクを送ってくるので、私は大きく頷いて返事したのだった。

「はい！」

大峡谷での捜索がはじまった。

間話　動く男達

エリス達が、大峡谷へと踏み入ったのと同時刻。

「あの馬鹿！」

ジオは冒険者街で憤っていた。理由は簡単で、いつまでも帰ってこないエリスを心配して、【赤き翼】の拠点に行っても留守で誰もおらず、もしやと思って表層に下りてきて、冒険者の館に来たら——

「エリスなら、メラルダと一緒に大峡谷に向かったわ！」

とミリアから聞かされたのだ。

「どんな危険があるか分からないのに！　……ミリア、俺も行くぞ」

「心配性ね。そこまでエリスは弱くはないでしょ？　それに万能薬作りはどうする気よ。薬剤はできているけど、万能薬はまだだって聞いたわよ？」

「うるせえ。俺は大事な人をここで亡くすのはもう嫌なんだよ！」

「ジオ——」

そんなジオの服の裾を引っぱったのはウルだった。彼女は、万能薬を工房からここへと運ぶべく、冒険者達に指示を出していたが、なぜかその顔は真っ青だ。

「ウル、どうした？」

「今、大峡谷はマズいよ！」

「なんでだ？」

「さっき冒険者街に戻ってきた冒険者が言ってたんだ！　巨大な魔物が大峡谷へと飛んでいったのを見たって！　もしそれが〝蛇風（ククルカン）〟の原因となる魔物だったら……危険だよ！」

「巨大な魔物だと？」

「もしケイブクイーンよりももっと凶暴なやつだったら……いくら、毒を治せるエリスお姉ちゃんでも危ないよ」

「だったら、なおさら行くしかない……！」

「万能薬はどうする気よ。とてもじゃないけど、このままだと数が足りないわ」

ミリアさんが困ったような顔を浮かべた。

すると、背後から声が上がる。

「だったら、僕が手伝おう」

そう言って前に出てきたのは、レオンだった。

「レオン！　なんでお前がここに？」

ジオが驚きの声を上げた。

「そりゃあお前、解毒薬作りに駆り出されたのさ。まあ、結局全部エリスちゃんの万能薬に持っていかれたわけだが。ほれ、お前がやるべき工程を教えろ。俺が代わりに作るから、お前はエリスちゃんを助けにいってこい」

レオンが、フッと笑ってジオの肩を叩いた。

「レオン……すまん、頼んだ」

ジオがそう言って工程のやり方をレオンへと伝える。

「了解だ。よし、そこの可愛らしいお嬢ちゃん。すぐに薬剤を僕の下に運んでくるように手配してくれるかな。すぐに作業を開始する！」

「うん！」

ウルがそれに答え、早速動きはじめた。

ジオが、レオンなら安心とばかりに頷くと、冒険者の館を飛び出そうとする。

「おっと、待つんだ、ジオの旦那」

そう声を掛けてきたのは、壮年の冒険者――ガーランドだ。

「ガーランドか！　あんたは無事か？」

「おう！　俺は幸い毒を食らっちゃいねえが、部下がやられちまってな。だが、万能薬のおかげで全員命拾いした。まったく、ますますあんたらには頭が上がらねえ」

「気にするな。錬金術師として当然のことをしたまでだ」

「話は聞いたぜ。エリス嬢を助けに行くんだろ？　だったら俺らを使え」

そう言って、ガーランドが背後を指差した。そこには彼の部下である冒険者達が息巻いていた。

「うおお、未知の魔物がなんぼのもんじゃない！」

「エリスちゃんを助けるぞ！」

「ハイポーションがあるから、俺らは無敵だああ！」

そんな彼らを見て、ジオが苦笑いする。

「かはは……こりゃあ頼もしい援軍だ」

「早速行こうぜ！　だが大峡谷はかなり遠い。今日中に着くかどうか……」

「急ごう」

ジオがガーランドとその部下達を率いて、冒険者街の門を出ると――

「お待ちしていましたよ、ジオさん」

「あんたは――」

そこで待っていたのは、今しがたエリスを運んで帰ってきたばかりのイエラだった。

「不吉な影が大峡谷へと飛んでいくのを、帰る途中に見ました。あれは……危険な存在です」

「らしいな。だから、助けにいかないと」

「ええ。ですが、徒歩では間に合いません」

「だが、行くしかない」

「ええ、ですから――」

その後のイエラの提案は、ジオとガーランド達を驚かせたのだった。

＊＊＊

大峡谷――北部。

「攻撃が止んだ？　今のうちに撤退するぞ！」

谷底で一人の青年が、ボロボロになった小隊を指揮しながら南へと移動していた。

彼らの周囲の地面には、まるで砲弾か何かで抉られたような痕がいくつも残っていた。

「ラギオさん……俺はもう置いていってください……毒でもう満足に動けません……かはっ」

口から吐血する男に、指揮していた青年――ラギオが冷静に言葉を返す。

「弱音を吐くな。なぜか攻撃が止んだ今しかない。調査隊の根性を見せろ」

ラギオがその男へと肩を貸して進んでいくが、そう言う彼の身体もまた毒で冒されていた。

それでも動けるのは、気合い以外の何ものでもない。

「絶対に生還して……アレについて報告しなければ……」

ラギオがそう言って、北の方へと振り返った。そこでは、巨大な影が翼を羽ばたかせている。

しかしラギオの視線はその巨大な影の下――そこを悠然と歩く一人の男へと注がれていた。

そんな視線を知ってか知らずか、その男が呟く。

「懐かしい気配を感じる。そうだろ？――クイナ」

そう言って、その巨大な影を見上げたのは――

第九話 ククルカン・イレクナ

「エリス、あれを見て！」

そう声を出したメラルダさんの、視線の先。遮蔽物も何もない谷底の向こうから、ボロボロになった調査隊らしき人達がこちらへと逃げてきているのが見えた。

その一番後方。警戒しながら一人で走っていたのは――

「ラギオさん！」

見たところ怪我もなく無事そうだが、その顔には苦い表情が浮かんでいる。心なしか顔色も悪い気がする。

「エリス、上を見なさい！」

「へ？」

そう言われた瞬間、視線を空へと向けると――それと、私は目が合ってしまった。

それは端的に言えば、巨大な鳥だった。

翡翠色の羽根に覆われたその巨大な鳥の頭部には、真っ赤な飾り羽根が揺れている。

だけども、私は肩に止まっているクイナが異常に怯えていることに気が付き、そちらに気を取られてしまう。

「どうしたの、クイナ？」

「きゅ……」

微(かす)かに震えているクイナを宥(なだ)めるように撫(な)でていると、メラルダさんが巨大な鳥を睨(にら)み付(つ)けた。

「あれがまさか〝蛇風(ククルカン)〟の原因？」

「分からないですけど、多分、危険な奴ですよ。クイナがこんなに怯えるなんて」

「とにかく倒すわよ。エリス、あんたは調査隊やラギオ達の援護を」

「はい！」

メラルダさんが再び杖(つえ)を掲げると同時に、私は前方へと走り出した。

あっという間に調査隊に近付くも、彼らの表情は明るくない。

「助けに来ました！　すぐに南に避難してください！」

私が叫ぶと、調査隊の人達が頷(うなず)き南へと進んでいく。

一番後ろにいたラギオさんが私の姿を見て驚く。

「エリス⁉　なぜ君がここに？」

「色々ありまして！　メラルダさんもいますよ！」

「……っ！　ならば、あいつを――倒せるかもしれん」

ラギオさんが私の横で立ち止まり、巨大な鳥を見上げた。

同時に、谷底を満たすほどの魔力が私の背後から放たれた。

「――〝【横殴りのサンダーレイン】〟」

そんな言葉と共に、まるで蛇のようにのたうつ無数の紫雷が轟音と共にその巨大な鳥を襲った。

メラルダさんによる雷属性魔術だ！

「あの〝ククルカン・イレクナ〟こそが、毒の原因だったんだよ」

ラギオさんがそう言って、その巨大な鳥を見上げた。

「ククルカン・イレクナ？」

「調査隊が名付けたあの魔物の名称だ。第二階層に、イレクナと呼ばれる鳥類系の魔物がいる。それと姿が酷似していることから、蛇風と合わせて、ククルカン・イレクナと呼ぶそうだ」

ラギオさんがそう説明するも——私は肌が粟立つような悪寒を覚えた。

その瞬間、メラルダさんの雷属性魔術を浴びていたその巨大な鳥——ククルカン・イレクナが広げた翼を力強く羽ばたかせた。

何かが、凄い勢いでこちらへと飛来してくるのが見える。

あ、これ、マズいかも。

「避けろ！」

ラギオさんの怒号と共に、飛んできた何かが地面へと突き刺さった。

それは渦巻く風を纏った翡翠色の羽根だ。

魔力視をまだ上手く使えない私でも分かるほどに——濃密な魔力が込められている。

「爆発するぞ！」

その警告通り、私の足下に刺さっていた羽根が魔力と共に纏っていた風を解き放つ。

一瞬で展開された暴風が、刺さっていた地面ごと周囲を削っていく。

「クイナ！」

「きゅい！」

私は咄嗟にクイナの力で、その砂混じりの暴風を相殺しつつバックステップ。

クイナがいなかったら、足がなくなっていたかも！

「なんで魔術が効いてないのよ、アイツ！」

駆け付けてきたメラルダさんが不機嫌そうにそう言って、再び杖を掲げた。

確かにククルカン・イレクナは、メラルダさんの魔術が直撃したにもかかわらず、まだ悠然と空の上で羽ばたいている。

あれだけの魔術を受けて、なんでピンピンしてるの？

「残念ながら、調査隊にいた魔術師が撃った各属性魔術も効かなかった。おそらく奴が何かしているに違いない」

「奴？　どういう意味よ」

そんな会話をしながらも、二人は器用に飛んでくる羽根と暴風を避けていく。

「これって、じり貧では⁉」

「物理的に攻撃しようにも、あの高さでは届かない。魔術は撃っても効果が薄い。それに――ちっ、また来たぞ！」

ラギオさんの言葉で、私はククルカン・イレクナへと視線を向けた。

それはクチバシから黒いモヤのようなものを吐き出すと、翼を大きく羽ばたかせた。

黒い、不吉な風が、メラルダさんが起こした逆風すらも掻き消して、私達へと迫ってくる。

「あれが――〝蛇風〟」

「エリス！」

メラルダさんの呼び掛けに応える代わりに、クイナの風を周囲に展開。流石に三人分包むにはクイナの力だけでは足りないので、自分の魔力を足していく。

黒い風が私達を襲うも、クイナの風がそれを吹き飛ばした。

「……凄いな」

ここでラギオさんが初めて小さく私へと微笑んだ。

私は苦しそうにしている彼の様子を見て、慌ててポーチに入れていた万能薬を手渡した。

「これ、飲んでください！　あと、例の剣、でき上がったので持ってきました」

私は背負っていた一対の剣をラギオさんへと渡した。それに付随する特殊なベルトも。

ラギオさんは刃が欠けたロングソードをその場に捨てると、私が持ってきた剣を腰へと差し、ベルトを巻いた。ベルトには腰の左右それぞれに四種類の属性結晶が特殊な金具で装着されている。

「ありがとう。まさか、そのためにここまで？」

「それがきっかけではあるんですけどね」

「剣も丁度使い物にならなくて困っていた。しかしこの剣といい、まさかあの厄介だった〝蛇風〟を無効化できるなんて。エリス、やはり君は素晴らしい」

なんて褒めてくれるのはいいけど、なぜか横にいたメラルダさんが拗ねたような声を出した。

「あたしの魔術を使えば、二度とあんな汚い風を吹かせられないようにできるわ！　さっきは魔術が切れかけていただけで、今から掛け直す！」

メラルダさんが再び風魔術を放ち、強い突風を私達の背後から吹かせた。

なぜかククルカン・イレクナは、あの黒い風を放ってからは動かず私達を静観している。

「さて、問題はどうやってあいつを倒すかだが……」

「待って――何この魔力」

メラルダさんが言うように、気持ち悪いほどの魔力が空間を包み込んだ。

あれ……でもこの魔力……。

「魔法陣……だと？　まさか奴が……」

見れば、周囲の地面に魔法陣が描かれていく。それが意味することを、私は瞬時に理解できた。

なぜならそれは――精霊を召喚する際に描く魔法陣と酷似していたからだ。

「う……そ」

だけども、その魔法陣から出現したのは……精霊なんて可愛らしいものではなかった。

「なによ……あれ」

メラルダさんがそう言うのも無理はなかった。

魔法陣から這い出てきたのは、無数の骨だった。それは人骨だったり、何かの動物の骨だったりと見た目は様々だ。

だけども、何より特徴的なのは、それぞれが何かしらの属性を纏っていることだ。

人骨は砂を纏い、動くたびに砂がまき散らされている。

トカゲのような骨は燃えさかっていて、骨が赤熱していた。

鳥のような骨は一体どんな原理で飛んでいるか分からないけど、周囲に渦巻く風がきっとその軽い身体を浮かしているに違いない。

そんな、まるで精霊の亡骸(なきがら)とでも言うべき存在達が――敵意と殺意を一斉にこちらへと向けてきた。その数は、峡谷を埋め尽くすほどだ。

「これは、マズいな」

「あれはなんなんですか？」

「魔力視をした限り……精霊に近しいものに感じるけど……けどもっと邪悪なものよ」

メラルダさんが金属杖を握り締めた。何か魔術を撃つべきなのだろうけど、何を撃てばいいか迷っている様子だ。

「エリス、中層から深層にかけて、属性が付与された攻撃じゃないと倒せない魔物がいると前に言っただろ」

「はい」

「あれらがまさにそういった類いの魔物と同じだと推測できる。しかも属性がバラバラなのが複数体いると、かなり厄介だ」

「単一属性なら、相殺できる属性を撃てばいいけど……逆に増幅させてしまう可能性もあるわ」

なるほど。風属性を撃てば、例えば地属性の魔物には良く効くが、逆に火属性の魔物の力を増幅させてしまう可能性があるということか。

だったら――

「ラギオさん、その剣を使ってください。それを使えば属性を使い分けることができますよ」

「まさか、本当にそこまで実現できたのか？」

「はい！　腰の属性結晶八つにそれぞれ属性の力が付与されています。その剣の柄頭に装着できるようになっているので、使いたい属性結晶を柄頭で叩いてください！」

私がそう言うとラギオさんが瞬時にその仕様を理解し、左右の剣の柄頭をベルトに付いている属性結晶へと叩きつけた。

すると、ガチャリという音と共に、柄頭にそれぞれの属性結晶が装着される。

「あとは柄に魔力を込めれば、それが柄頭に装着された属性結晶の親機に伝わって、属性の付与された魔力を刀身に埋め込まれた属性結晶の子機へと送ってくれます」

「――なるほど。刀身の素材は？」

「刀身は、最も魔力付与率が高いミスリル銀と鋼を融合させた最高級品です！」

「素晴らしい」

ラギオさんの右手の剣の刀身には水流が、左手の剣の刀身には風が渦巻いていた。

「属性を変える時は一度属性結晶をベルトの空いた枠へと叩き付けることで外せます！　新たな属性結晶を再び付けることで刀身の属性を好きなタイミングで変えることが可能な――」

私の言葉の途中で――ラギオさんが迫り来る人骨へと風纏う刃を振り払った。

鋭い刃と化した風が人骨の纏っていた砂を吹き飛ばし、あっさりとその頭蓋骨を粉砕。

ラギオさんはまるで踊るようにステップを踏むと、今度は右手の水流渦巻く剣で、飛び掛かってきた燃えさかるトカゲの骨を一刀両断。

「エリス、この剣の銘は？」

「師匠がつけた名は――〝八極〟」

「良い銘だ」

ラギオさんが満足そうな顔で剣を見つめた。

だけどそのすぐ後ろで、あの風纏う鳥が飛んできている。

「ラギオさん危ない！」

「大丈夫。あたし達には見えているから――〝眠れる母を起こしなさい――【ガイアリッジ】〟」

メラルダさんが当然とばかりに地属性の魔術を発動。

隆起し、まるで槍のようになった大地があっけなく風纏う鳥を砕いた。

流石、同じギルドのメンバー同士だ。ラギオさんはメラルダさんがやってくれると分かっていたんだ。

凄い、これが――冒険者。

「だが、キリがないな！」

迫り来る魔物の群れ。相手が属性を纏っているせいで、迂闊に範囲魔術は使えない。

「これって、もしかして詰んでます？」

「下がるしかないわ！」

その言葉に従って私達は後退するも、ククルカン・イレクナが羽根を飛ばしてきて、思うように進めない。

「くそ、表層でこれほどの属性を持った魔物と出会うのは想定外すぎる！」

ラギオさんが器用に属性を切り替えながら魔物を倒していくも、数があまりに多過ぎる。

「くっ、マズい！　エリス、逃げろ！」

ラギオさんの横をすり抜けた、一体のトカゲの骨が、燃えさかる炎弾を私へと放った。

「クイナ！」

「きゅ、きゅう」

なぜかクイナが動かない。明らかに魔物達に怯えている様子だ。

炎弾が――迫る。

「エリス！」

メラルダさんの叫びと共に――炎が目の前で爆(は)ぜたのだった。

＊＊＊

なぜその時、遠い昔の光景を思い出したのかは分からない。

目の前で父が笑っていた。優しい父だった。

病弱で、常にベッドで寝ていた母が力無く笑いながら私の頭を撫でた。

「……きっとこの子は偉＊な精霊＊＊になれ――」

「そんな＊＊はい＊の。ただ、元＊に成長してく＊れば……」

おぼろげな両親の会話。

そして、思考が現実に戻る。

「あ、れ？」

なぜか――炎弾は私に当たっていなかった。

その代わりに、目の前には銀の盾があった。

これは――

「無茶（むちゃ）しすぎだ、馬鹿（ばか）弟子」

そう言って、私の頭をくしゃりと撫でたのは――師匠だった。

その脇（わき）には銀色の狼（おおかみ）が佇（たたず）んでいる。

「師匠！　なんでここに？　それにその姿……イエラさん？」

「俺（おれ）やイエラだけじゃないぞ」

その言葉通り――崖を垂直に駆け下りてくる狼の群れが、飛翔（ひしょう）。

地面に着地したと同時に、その上に乗っていた者達が雄叫（おたけ）びを上げた。

「うおおお！　やっちまええええ？」

「倒せなくてもいい！　足止めに徹しろ！」

「了解‼」

先頭に立って、大斧を振り回しているのは、ガーランドさんだ！

良く見れば戦っているのは皆、ガーランドさんの部下の冒険者達だ。

「皆、エリスを助けに来たんだよ！　俺も、イエラもガーランド達も、そして獣人達もな！」

その師匠の言葉と共に、狼達が変身を解いて人の姿となると、魔物達と戦いはじめた。

「ジオ！　助かった！　この剣は完璧だ！」

ラギオさんが駆け寄ってくる。

「そりゃあ良かった。しかし、厄介な相手だな」

二人が空を見上げた。

悠然と羽ばたくククルカン・イレクナをどうにかしないと、この場はどうにも収まらない。

ガーランドさんやイエラさん達が善戦しているが、やはり属性を使えないせいで、魔物を倒しきれていない。

私もみんなに負けてはいられない！

「ラギオさん、あそこまで飛べれば、あの鳥、倒せますか？」

「……ああ。だが、厄介な相手がいる」

「厄介な相手？」

私がそう聞くと、ラギオさんが前方を指差した。

魔物の群れの奥に、確かに誰かいるのが見えた。遠すぎて、顔までは見えないけども。

「人か？」

「分からないが、おそらくこの魔物を召喚したのは奴だ」

「なるほどな。よし、エリスはラギオ達を援護して、あの鳥を倒せ。あの男は……俺が何とかする」

「師匠？　でも危険なのでは？」

しかし、師匠はそれに答えずにイエラさんへと飛び乗った。

「無茶はしない。ヤバそうだったら逃げるさ——行こう、イエラ」

そう言って、師匠が飛び出した。

だったら。

「私とクイナの力でラギオさんを——鳥の近くまで飛ばします。だから、アイツをやっつけちゃってください！」

私がそう提案すると、ラギオさんが頷いた。

「——ふっ、面白い。やってみてくれ」

「ちょっと、本当にそんなことができるの？」

訝しむ、メラルダさんに私は笑顔を向けた。

「大丈夫です！　多分！」

私の顔を見て、メラルダさんが呆れたような顔をする。

「はあ……まあいいわ、援護は任せなさい」

「で、どうする？」

「こうします！　クイナ！　お願いだから力を貸して！」

「きゅ……きゅううう！」

クイナが私の声を受けて羽を広げた。怯えている場合じゃない！と言わんばかりだ。

そう。いつぞやの蜘蛛(くも)の巣で、怪我をした冒険者を助けようとした時に私は学んだ。

クイナの力を使えば自分一人なら飛翔できるけども、大人を二人同時には無理だと。

再び同じ事態に遭遇した時に困らないように、私は緊急時に逃げる為(ため)の力の使い方を考えたのだ。

「きゅきゅー！」

私はクイナに魔力を注(そそ)ぎ、その力を増幅させる。

するとクイナの力で、ククルカン・イレクナの真下に風が渦巻きはじめ、球状の風ができ上がる。

それは、さっきこっちに撃たれた羽根とそれが解き放った暴風に似ていた。

「なるほど――理解した」

私が説明する前に、ラギオさんがその渦巻く風へと疾走。その直前で地面を蹴(け)ってジャンプすると、風へと着地。

その瞬間、風が爆発し上昇気流が発生した。ラギオさんの身体が一気に上方向へと加速。

飛翔する為に纏う風を、あえて纏わず踏み台にするというシンプルなアイディアだが、上手くいったようだ。

「〝水平に轟け――【横殴りのサンダーレイン】〟」

同時にメラルダさんが魔術を放つ。

効かないと分かっているから、それはククルカン・イレクナの気を逸らす為のものだろう。

ラギオさんが飛翔し、師匠が戦場を駆けていった。

＊＊＊

エリスの風によって飛翔していくラギオを器用に避けて、メラルダの放った雷の蛇がククルカン・イレクナを襲う。

しかしラギオは確かに見た。地面にいる、フードを被った謎の人物がまるで羽虫を払うかのような動きで魔術を放った瞬間を。

淡い緑色のベールがククルカン・イレクナを包み、メラルダの魔術を無効化していく。

「やはり魔術が効かなかったのはあいつのせいか」

分かったところで、もはやどうでもいい。ここまで来れば、あとは斬るだけだ。

そう決意したラギオを、ククルカン・イレクナが強襲。空中で回避できないことを知っているかのような動きで、鋭いクチバシをラギオへと向かって突き出した。

「だろうな。知っていたよ」

ラギオは身体を捻るように左手の剣を背後へと振りかぶった。同時に一気に魔力を込め、刀身の風を爆発させる。

数秒前に風を踏み台にすることで、大人すらもここまで上昇させる力が風にあることが分かった。だったら──

「空中で放てば、多少の回避運動はできるさ！」

背後で起こった風で一気に軌道を修正したラギオが右手の剣を、すぐ真横を通り過ぎたククルカン・イレクナのクチバシへと叩き付けた。

その反動を使って更に左手の剣から風を下に放ち、上昇。

叩き割られたクチバシから絶叫を上げるククルカン・イレクナの頭部へと、ラギオが着地する。

「悪いが、俺の勝ちだ」

そんな言葉と共に、ラギオが火属性へと切り替えた剣を脳天に突き立て、同時にありったけの魔力を込めた。

刀身から膨大な熱と共に炎が吹き荒れ、ククルカン・イレクナの頭部を爆散させる。

流石の巨鳥もこれに耐えられずに、絶命──そのまま力無く、地面へと落下していった。

そんな光景を見ながら、一番後方にいた謎のフードの男は、思わず言葉を漏(も)らしてしまう。

「……くはは、凄いな。なんだあの動き、なんだあの武器」

そんな男の下へ、銀狼とジオが駆けてくる。

「ふむ、戦場に錬金術師とは珍しい。しかも獣人(セリアンスロープ)を従えているだと？　面白い。面白いな。アイツの知り合いか？」

ジオがイエラから飛び降りて銀騎士を生成し、その刃を男へと向けた。

「お前、何者だ。何が目的だ。あの精霊達は……なんなんだ！」

「ほう？　あれが精霊だと見抜いたか。優秀な目を持っているな。名は？」

男が余裕そうな態度でジオへとそう問うた。

「黙れ、質問に答えろ。いや、もう答えなくていい。冒険者を襲うことは犯罪行為だと分かっているよな？　そういう質問は牢の中でたっぷりと聞く——イエラ、倒すぞ」

「ガルル！」

ジオとイエラが男へと飛び掛かろうとしたその時。男が自然な所作でフードを外した。

その下にある顔を見て——二人が動きを止めてしまう。

「お前……まさか」

「貴方(あなた)は……」

絶句する二人を見て、男が笑う。

「くくく……その反応からすると、なるほど、アイツの知り合いで確定か。そっちの男は師匠かあるいは恋人か……まあそんなところか。ちゃんと成長していて、俺は嬉(うれ)しいよ。今日はそれが知れただけでも上等だ」

男がそう言って手を払った。すると背後に巨大な魔法陣が出現する。

「っ！」

「じゃあな、アイツによろしく伝えといてくれよ」

そんな言葉と共に——男は背後に描いた魔法陣へと吸いこまれていった。

「待て！」

ジオが銀騎士を動かすも、パリン、という軽い音と共に魔法陣が砕けるだけだった。

同時に、あれだけいた魔物が塵となって消えた。

「……くそ、逃したか」

そうジオは呟く他なかった。

駆け寄ってくるのは、誇るべき愛弟子――エリス。

あの男が最後に言い残した、〝アイツ〟とは……。

その疑問に本当に答えを出すべきなのか。それすらも迷いながら……ジオはとりあえずの勝利を喜ぶことにした。

こうして、未知のエリアである大峡谷からはじまった〝蛇風〟事件と、その原因となる魔物、ククルカン・イレクナの討伐は、Sランクギルド【赤き翼】によって為されたと大々的に報じられた。

更に、あらゆる毒に効くという画期的な道具――万能薬を作ったという功績で、エリス工房の名声は一気に冒険者の間に広まったのだった。

第十話　千客万来

あれこれ終わったあとに、私と師匠はやっと工房へと帰ってくることができた。

ここまでの間、師匠は終始無言で、何か思い詰めているような様子だった。

あ、これ怒られるやつだ……。

「えっと……師匠？」

「エリス……勝手に迷宮に行くなよ……心配したぞ。本当に……心配したんだぞ！」

師匠が私の肩へとソッと手を置いた。そして目を見つめてくる。

そんな真剣な表情を見たら、私は謝るしかない。

「すみませんでした……。軽率な行動だったとは思っています」

「もう、俺は誰かを失うのは嫌なんだよ。エリスまで居なくなったら……」

師匠がちょっと泣きそうになっているので、私まで目が潤んでくる。

「ごめんなさい……本当にごめんなさい」

それからしばらくの間、私達は見つめ合った。その時の感情が何かは分からない。

でも、決して嫌なものではなかった。

だけども、沈黙は突如として破られた——私のお腹の鳴る音によって。

「……飯にするか」

「……はい」

さて作るか、それとも食べに行くか。そうやって悩んでいると――

「なんで先に帰るわけ？　まだ話は終わっていないでしょ？」

「まあ、そう言うな。二人でいたかったのだろう」

そんな言葉と共に、ラギオさんとメラルダさんが工房へと入ってくる。

「う、うわああ！　二人ともいつからそこに？」

「ん？　あんたらがラブラブで見つめ合っていた時からだけど？」

「ラブラブじゃない！」

私が顔を真っ赤にしながら否定していると、ラギオさんが真面目な顔で言葉を返してくる。

「とにかく、礼がまだだったからな。おかげで俺も調査隊も助かった。エリス、本当にありがとう」

「元はと言えば、あたしを気遣って同行してくれたのだから、謝るならあたしのほうよ。それにいつかの面接で、キツいこと言って悪かったわ。ごめんね。そしてありがとう」

メラルダさんがそう言って、スッと頭を下げた。

「だからジオ、エリスを叱らないでやってくれ」

「Sランク冒険者二人にそう言われたらなあ……」

師匠が困ったように頭をガシガシと掻く。

メラルダさんが頭を下げたまま、師匠に見えないように私へと視線を向け、悪戯っぽい笑みと共に少しだけ舌先を出した。

まるで、こうすればこれ以上は怒れないでしょ？と言わんばかりだ。

すぐに頭を上げて真顔になったメラルダさんの横で、ラギオさんが再び口を開く。

「それにエリスは俺の依頼に見事に応えてくれた。この剣がなければあのククルカン・イレクナを倒すことはできず、被害はもっと増えていただろう。誇れ、ジオ。お前の弟子は素晴らしい。錬金術師としても、冒険者としても、な」

そう言ってラギオさんが私へと微笑んだ。

褒めてくれたのが嬉しくて、思わず私は照れてしまう。

そんな私の様子を見て、師匠が頭をポリポリと掻いた。

「あんまりうちの弟子を甘やかさないでくれよ？」

「ふっ、危険を省みずに仲間を引き連れて助けに来るような奴に、甘いと言われるとはな」

ラギオさんがそう言って笑うと、右手を差し出してきた。

「じゃあ、俺達は今回の件について上に報告してくるよ。おそらく迷宮局の上層部が情報を欲しがっているはずだ。だから――改めて礼を言おう、エリス。ありがとう」

私はラギオさんの右手を握り、頷いた。

「こちらこそ、ありがとうございました。依頼品の代金請求、ちゃーんとしますからね？」

私の笑みに釣られて、ラギオさんが笑ってしまう。

「はは、そういえばまだ払っていなかったな。この〝属性結晶〟は間違いなく、俺達の、いや冒険者全体の迷宮(メイズ)探索を前進させるだろう。それだけの価値がある」

「また、使用感や改良点があれば聞きますので、気軽に言ってくださいね！」

「ああ、そうさせてもらう。それじゃあ、また」

ラギオさんが手を離すと、そのまま去っていった。

するとメラルダさんがスッと私の横に立つと、耳元で囁(ささや)いた。

「エリス、今回は本当に助かったわ。このお礼は、またさせてもらうわね」

「え、あっ、はい！」

「そうねえ、美味(おい)しいご飯でも一緒に食べましょか」

「是非！」

「ふふふ……じゃあね。今度会ったらついでに魔術も教えてあげる」

メラルダさんは色っぽい流し目で私を見ると、そのまま去っていった。

「……随分と気に入られたな」

二人の様子を見ていた師匠がポツリとそう呟(つぶや)いた。

「ええ、まあ。私の人徳？　ですかね？」

「人徳かどうかはともかく、一流の冒険者と懇意になるのは悪くない。その縁、大事にしろよ」

なぜか師匠が遠くへと目をやり、煙草(たばこ)へと火を付けたのだった。

＊＊＊

それから数日後。

万能薬作りにバタバタと忙しくしていて、ようやく落ち着いた頃。

私はいつも通り店のカウンターの中に座って、錬金術の勉強をしながらお客さんが来るのを待っていた。

すると鈴が鳴り、扉が開く。

「あ、いらっしゃいませ」

「やあ、エリス」

入ってきたのはラギオさんだった。腰にはうちで作った〝八極〟が差してある。

「ラギオさん！　どうですかその後は？　剣に何か問題でもありました？」

「問題ない。というより、あれからまだ迷宮に行けてなくてね。それもあって今日は来たんだよ。エリスも当事者だからな」

私はラギオさんを中に案内すると、椅子をすすめた。

すると来客の気配を感じたのか、師匠が作業場から顔を出した。

「お、誰かと思えば」

師匠を見て、ラギオさんが頷く。

「丁度いい、ジオも一緒に聞いた方がいい話だ」

「ん？　何の話だ」

「〝蛇風事件〟の話だ」

師匠がなるほどと相づちをすると、私の隣に立ち、煙草に火を付けた。

ふわりと白煙が立ち、煙草独特の匂いが漂う。

この匂い、なぜか落ち着くんだよね。

「ほう。それは丁度いい、俺もそこについては詳しく聞きたかったところだ」

師匠の言葉を受けて、ラギオさんが説明をはじめた。

「そもそもの発端は、大峡谷の出現だ。そしてそれと同時に、未知の毒であり既存の解毒薬が一切効かなかった蛇風が蔓延した。調査を進めるうちに、それがとある魔物によって発生した毒だと判明した」

ククルカン・イレクナのことだ。

「だが、なぜか大峡谷内だけで収まっていたはずの蛇風が、表層全体に蔓延した。理由は単純だ。そのとある魔物――ククルカン・イレクナは鳥だった為に、自由に表層を移動できたからだ」

ラギオさんがそこで一旦間を置くと、再び口を開いた。

「さらに、これはまだ公表されていないんだが、どうやらククルカン・イレクナは、俺達が倒したあの一体だけではなかったらしい。表層各地で、同じ特徴の魔物を目撃したという情報が多数寄せられた」

「え？　あいつって、いっぱいいたんですか？」

あんな強い魔物が沢山いたとなると、なるほど、確かにそれは大事件だ。

「ああ。討伐報告も少ないながらも上がっている」

その話を聞いて、師匠が首を傾げた。

「……妙だな。あいつは魔術も効かず、常に飛んでいた。エリスとSランク冒険者二人でやっと倒せた魔物を、他の冒険者がそう簡単に倒せるとは思えないが……」

それは私も疑問に思うところだ。他の冒険者は一体どうやって倒したのだろうか。

「……ここからが本題だ。表層の各地に出現した個体と、我々が大峡谷で遭遇した個体には決定的な違いがあった」

「ほう？　それは」

「我々が遭遇した個体はおそらくだが……直接使役されていた」

その言葉を聞いても、師匠はなぜか反応しない。まるで、知っていたかのような顔だ。

私はラギオさんの言葉の意味が分からず、思わず声を大きくしてしまう。

「ちょ、ちょっと待ってください！　使役されていたってどういうことですか？　それに直接って」

「エリス、君は見なかったか？　あのククルカン・イレクナと共にいた、謎の存在を」

そう言われて私は思い出した。

ああ、そうだ。師匠が誰かと対峙していたのを確かに見た。だけども、魔法陣が出現してどこかへと消えてしまった。師匠にその正体を聞いても、分からないとしか答えてくれなかった。

「その謎の人物が調査隊やメラルダの撃った魔術を無効化させていたんだ。他の場所で倒されたククルカン・イレクナには、魔術が普通に効いたそうだから間違いない」

「で、でも！　魔物を使役するなんてそんなことできるんですか？　しかもククルカン・イレクナって言わば新種なんですよね？」

私がそう言うと、そこでようやく師匠が口を開いた。

「魔物の使役は……禁忌と呼ばれている。歴史上、これを試みた者は何人もいたそうだが……成功例はない」

「その通り。だが、奴は何らかの方法でイレクナを使役していた」

ラギオさんがそう断言した。

「それは……にわかに信じがたいな」

師匠が首を横に振って否定する。

「さらに調査隊がククルカン・イレクナの死体を調べたところ、面白い事実が判明した」

「面白い……？」

「……身体の内部から、不自然なほどに高い濃度の、特殊な水属性のマナが検出された」

「水属性の、しかも特殊なマナですか？」

それは一体何を意味するのか。分からないのに、なぜか私は鳥肌が立っていた。

その先を聞きたくない。なぜかそんな気持ちになってしまう。

「更に調べると、そのマナはとある存在特有のマナだと判明した」

「誰のマナなんですか？」

「……エリスも良く知っているはず存在だ。あの万能薬を作った君ならね」

ラギオさんの言葉に、私はなんて返せばいいか分からない。

万能薬を作った私が知っている存在？

そうやって私が返答に迷っていると、エリスには言うまでもないかもしれないが、師匠が代わりに口を開いた。

「……毒の精霊のマナなんだろ。毒の精霊は水属性のものが殆どだ」

万能薬作りを手伝ってもらったニーヴもそうだけども、一部を除き、基本的に毒を司る精霊は殆どが水属性だと思って間違いない。

「だが、イレクナは本来、風属性の魔物だ。事実、ククルカン・イレクナは風属性を使いこなしていた」

「だとしたら、おかしいですよね？　本来は風属性であるはずのククルカン・イレクナから、なぜ水属性――毒の精霊のマナが、検出されたのでしょうか」

それに、ラギオさんはすぐに答えてくれなかった。その様子は、今もなおそれを言うべきか迷っているかのようだ。だけども私からの視線を受けて、彼はゆっくりと息を吐いた。

「ふう……なあ覚えているか。俺達を襲った、あの召喚された謎の魔物を」

もちろん覚えている。あの骨のような不気味な姿。忘れる方が難しい。

「ここからは俺の推測でしかないが、あれはおそらく精霊だろう」

「あれが……精霊？」

確かに召喚された時に見えた魔法陣は私のものと似ていた。だけどもあんな精霊、見たことも聞いたこともない。

「当然、イレクナに精霊を召喚する力なんて備わっていない。だとすればこう考えるのが自然だ。あの謎の人物が、我々を殺す為に召喚したものであると。更に内部から毒の精霊のマナが検出された点から、おそらく奴は何らかの方法でイレクナに毒の精霊の力を付与し、ククルカン・イレクナへ変異させた」

未知の精霊の召喚、魔物への精霊付与、変異。

なんだそれは。そんなの、聞いたことがない。

「エリス、俺は君を高く評価している。魔術結晶に精霊を融合させることで属性の付与された魔力を刀身(とうしん)に送るなんて発想、普通は思い付かない。だからこそ、俺はこの推測に確信を得てしまったんだ」

ラギオさんがそこまで言って再び口を閉じた。まるで——その先を言いたくないとばかりに。

だから、なのかは分からない。だけどもしばらく黙っていた師匠が私の肩に手をそっと置くと、まるで代弁者のようにこう言ったのだった。

「まどろっこしいな、ラギオ。要するにお前はこう言いたいんだろ？　そのククルカン・イレクナを使役し、表層を大混乱に陥(おとしい)れたその黒幕は、エリスと同じ——精霊召喚師であると」

「やはり気付いていたか、ジオ」

「……ああ。すぐ分かった。だから奴を倒すべく動いたが……逃げられた」

その師匠の言葉に私は驚きを隠せない。

だって精霊召喚師にあんなことができるとは思えないからだ。

謎の気持ち悪い精霊モドキの召喚、それに魔物への精霊の力の付与――それはどうしても不可能に感じてしまう。

そんな私の顔を見て、ラギオさんが口を開いた。

「気持ちは分かるよ。以前までの俺なら、きっと同じように思ったに違いない。だが……君という存在を知ってしまったがゆえの確信でもあるんだ」

師匠がその言葉に頷く。

「そうだな。俺達が知っている精霊召喚師の概念をぶち壊したのは、エリスだ。物質に精霊の力を融合させられるなら……魔物に付与することだって可能だろうさ。どうやるのかは置いといてな」

「それは……」

そう言われると、確かにそうかもしれない。

「もしかしたら……精霊召喚師というのは俺達が考えているよりもずっと、謎めいた存在なのかもしれない。エリスと知り合い、そしてこの事件が起きて余計にそう感じてしまうんだ」

ラギオさんがそう言って立ち上がった。

「だが、黒幕が精霊召喚師であるということは、あくまで俺の推測だ。上がどう判断するかは分からないが、もしかしたら同じ結論になるかもしれない。そうなると……もしかしたらエリスに接触してくる可能性もある。それを俺は伝えに来たんだ」

師匠がため息をつきながら、その言葉に同意した。

「はあ……確かにそれはありえる話だな」

「暗い話はこれぐらいにしておこう。さて……本題があるんだが」

ラギオさんがそう言って、笑顔を浮かべた。

本題？　今までの話は本題ではなかったの？

「エリス工房と、業務提携契約を結びたい」

「そう来たか」

師匠がニヤリと笑った。

「えっと……ぎょーむてーけー？」

私がその言葉の意味が分からずに首を傾げた。

「簡単に言うとだな。冒険者ギルド側が市場では手に入りにくい素材を融通してくれる代わりに、それで作成した新しい魔道具や素材を優先的にそのギルドへと回す、という契約だな」

「ほうほう！」

「それ以外にも、ポーションなどの定期購入やらなんやらあって、基本的に工房にとっては利のある契約だ。しかも、Ｓランクギルドとの契約となると、それだけで信頼がある工房だと判断される。良いことずくめだ」

「おお！　なら是非！」

「こら、簡単に言うな。だがまあ、悪くない契約だ。詳しい契約内容については、公証人を立ててやる必要はあるが」

「もちろんだ。こちらから提案したので、手数料やら公証人代はうちが持つとしよう。ちなみにこれをしろと言いだしたのは、メラルダだ。ふっ、アイツがここまで誰かに入れ込むのは初めて見るよ。エリスはよっぽど気に入られたようだな」

「メラルダさんが？」

「ああ。だからまあ、断ったら恐ろしいことになるぞ」

ラギオさんが冗談っぽくそう言った。

「くく……魔術を工房に叩き込まれたら敵わんな。詳しい話は後日詰めるとして……基本的には合意ということでいいと思う」

そう師匠が結論付けた。

「よろしく頼む。それじゃあ、俺は帰るよ。改めて——これからもよろしくお願いする」

そんな言葉と共に——満足そうにラギオさんは去っていったのだった。

「こりゃあ、客が増えるぞ」

「はい！　頑張ります！」

なんて言っていると——

「やあ、どうだい調子は？」

レオンさんがやってきた。師匠曰く、万能薬作りを手伝ってくれたらしく、感謝しかない。

「なんだ、レオンかよ、帰れよ」

「ここはエリスちゃんの工房だからね。君の言うことを聞くつもりはない」

「んだとお？」

師匠がレオンさんを睨み付けていると、もう一人客がやってくる。

「エリスさん、聖水持ってきましたよ」

「あ、イエラさん！　ありがとうございます！」

そこにいたのは、聖水の入った壺を運んできたイエラさんだった。

ちなみにイエラさんとは秘密の契約を交わし、聖水を定期的に購入することになっていた。

おそらく万能薬の需要は増える一方で、なくなることはないと踏んだからだ。

イエラさんには、優先的にうちのポーション類を譲ることも約束しており、また定期収入のおかげで、あの救護院の経営も楽になったそうだ。

「ああ、そうだ。レオン、ついでにお前のとこと契約を結んでやるから、万能薬作り手伝え」

師匠がレオンさんにそんなことを言いだした。

「お願いします、レオン様……だろ？」

レオンさんがニヤリと笑いながらそう嘯いた。

「殴るぞ、お前」

「どうせ、レシピを秘匿しておきたいから、他の錬金術師に頼みたくないんだろ？」

レオンさんにはイエラさんや聖水についての事情は話してある。だから師匠曰く、他の錬金術師に依頼するとなると、色々面倒なんだそうだ。

「それはそうだが……」

「仕方ない。だが金は取るぞ」

「もちろんだ」

「なら構わない」

なんて会話している間に、私はこっそりイエラさんのモフモフの尻尾を触らせてもらっていた。

「クイナとはまた違う質感……」

「また表層に来た時は気軽に皆を呼んでくださいね。みんな、貴女のことは好いていますから」

「そうなんですか？」

「ふふふ、我々に協力する錬金術師なんて物好きは他にいませんから」

「モフモフでみんな素敵なのに……」

そんなふうにまったりしていると――またまた扉が開いた。今日は千客万来だ！

「エリス嬢！　来たぞ！」

そんな大きな声と共に入ってきたのはガーランドさんと――

「万能薬を売っているのはここか？」

冒険者の集団だった。全員が見たことのない顔で、新規のお客さんのようだ。

ガーランドさんが連れてきてくれたのだろう。

「お前ら！　行儀良くしろよ！　ここはうちのギルドの御用達の工房だからな！」

「う、うっす！」

まるで借りてきた猫のようになった冒険者達が行儀良く並びはじめた。

師匠がレオンさんとの会話を切り上げて、カウンターに入って接客をしてくれた。

イエラさんはというと、いつの間にか姿を消していた。流石だ。

「ガーランドさん、表層ではありがとうございました！」

私はガーランドさんに改めてお礼を言った。

イエラさんの仲間達に乗って、助けにやってきた時はびっくりしたけど、彼らが魔物を押しとどめてくれたおかげでククルカン・イレクナに勝てたと思う。

「気にするな！　エリス嬢の為ならいつでも戦うぞ！　それより万能薬についてだが、間違いなく冒険者があれを求めてここに殺到するから、在庫は多めに……つまり俺のギルド分は残しておいてくれよ？　あれはもう冒険者には必須の道具だ。赤いやつと同様にな」

ガーランドが声を潜ませ――とはいえ大声なので丸聞こえなのだが……そう言って笑顔を浮かべた。

「もちろんですよ。なんせガーランドさんはお客さん第一号ですから」

私が笑顔を返す。

「光栄なことだ！　では、俺はこれで。また落ち着いた時に買いにくるさ！　じゃあな！」

ガーランドさんが去ったあとも、彼の言う通り、客が沢山きた。

なぜかレオンさんまで手伝ってくれて、全ての在庫がはけてしまう。

「今日はもう店じまいだ！」

師匠がそう宣言して、まだ夕方にもならないうちに、工房を閉めた。

その日——エリス工房はオープン以来最高の売上を記録したのだった。

＊＊＊

閉店後。

レオンさんも帰って、私が工房の前を掃除していると、事務作業を終わらせて帰ったはずの師匠がやってきた。

なぜか黒い服を纏(まと)っており、よそ行きの雰囲気だ。

右手にはなぜかワインの入った瓶(びん)が握られていた。

「あれ？　どこかにお出かけですか？」

「……ああ。エリスも来るか？」

「はい。でも何処(どこ)へ？」

「……墓参りだ」

その言葉に私はすぐに何のことか察した。

「行きます。ちょっと待っててください」

私は急いで掃除道具を仕舞(しま)うと、部屋へと戻り、身だしなみを整えた。

「お待たせしました」

表で待っていた師匠にそう告げると、師匠がゆっくりと西へと歩きはじめる。

「マリアの命日が過ぎていたのを忘れていた」

「それは弟子どころか、弟失格ですね」

「返す言葉もないな」

そうやって歩いていると小さな丘が見えてきて、師匠がそこを登っていく。

心地良い夕風が私と師匠の髪を揺らした。

頂上に辿(たど)り着くと、そこには一本の剣が刺さっていた。随分と古びていて、刃も欠けている。だけど、なぜか妙に目を惹(ひ)きつける雰囲気を持っていた。

「これが？」

私が聞くと、師匠が煙草に火を付けて一服する。

「ああ。死体も見付かっていなくてな。唯一遺品として残ったのがこの剣だ。だからこれが、墓標代わりなんだ」

師匠がそう言ってワインの瓶を開けると、それを剣へと掛けた。そして、吸っていた煙草を剣の脇(わき)へと置いた。

「……随分と久しぶりになったが……俺は元気にやっているよ」

師匠がそう剣へと語りかけた。煙草の煙が、ゆらゆらとまるでそれに答えるように揺れる。

「工房も再開した。俺には勿体(もったい)ないぐらいにできた弟子のおかげだ。これまでにやってきた倍以上の売上が出たよ。凄(すご)いだろ？　あんたならきっと、嬉しすぎて今頃(いまごろ)ワインをガバガバ飲んでいるだろうな」

師匠がスッと視線をこちらに向けたので、私は前へと一歩出た。

「……お師匠様。エリスです。ジオさんに弟子入りして、工房と部屋を使わせてもらっています。生意気かもしれないですけど……工房のことは私に任せて、ゆっくりと眠っていてくださいね」

私はその言葉と共に、祈りを捧げた。

なぜか——いつか嗅いだことのある、あの甘い匂いが微かに漂った気がした。

それからしばらく、私と師匠の黙禱が続いた。

「……うっし。そろそろ帰るか」

「はい！」

「今から飯作るのも面倒臭いし……あの店に行くか」

「跳ねる子狐亭ですね！　いきます！」

私は師匠と並んで丘を下りていく。

すっかり帝都は夜に包まれて、ランプや街灯の光が街を淡く浮かび上がらせていた。

「なあ、エリス」

「なんですか師匠」

「……いや、なんでもない」

「ええ？　なんですか言ってくださいよ」

私が前に回って師匠の顔を覗き込む。

なぜか師匠はちょっと恥ずかしそうな笑みを浮かべていた。

「いや……ちゃんとお礼を言っていなかったな、と思って」

「へ？　お礼？」

「ああ」

師匠が私の瞳をまっすぐに見つめた。その視線に込められている想いは分からないけど……それは確かに誠実で、そして温かいものだった。

「ありがとう。エリスのおかげで……俺はようやく前を向いて歩くことができる」

だから——私ははにかみながら、それにこう答えたのだった。

「ふふふ……どういたしまして。これからも……よろしくお願いしますね、師匠」

「任せろ。エリス工房を、帝都……いや大陸一の錬金工房にしてやる」

「はい！　はあ……急にお腹が空いてきました！　師匠、走りましょう！」

私はなんだか楽しくなって、笑いながら、あの店へと駆け出した。

まだ錬金術師見習いで、一人で父を探しに行けるようになるのはまだ先だけども。

私は元気ですよ——お父さん。

エピローグ　天に住まうもの、深層で蠢くもの

帝都アルビオ――皇宮。

それは帝都に住んでいれば嫌でも目に入る、街の中央に位置する天衝の塔だ。

その白亜の塔はまさにこの大陸北部を支配した帝国の主に相応しい居城だった。

そんな塔の最も高いところにある、皇帝の私室。

そこで、一人の美しい黒髪の青年がベッドで寝そべりながら、侍女が持ってきた報告書へと目を通していた。

「ふーん？　未知の毒に、未知の魔物。精霊召喚師が裏にいる一方で……とある錬金工房が作成した万能薬とSランクギルドによって無事解決、と。久々に愉快な報告だね」

「愉快ではありませんよ、レザード様。おかげで、迷宮局は大騒ぎです」

侍女がため息をつきながら、目の前の青年――若くしてこの帝国を統べる皇帝――レザード・エル・ガルニアを見つめた。

「あいつらはいつも大騒ぎしているじゃないか。しかし……ふむ。エリス工房のエリス・メギストス、ねえ。これは何かの偶然かな？　あるいは運命か。君はどっちだと思う？」

レザードが侍女へと無邪気に問う。それに対する答えを、侍女は当然持ち合わせていない。

「知っている名ですか?」

「エリス……は知らない。でも、メギストス、なら知っている。知らないはずもない。唾棄すべき【鍵作りの悪魔】の一体だ」

レザードがエリスについて書かれた調査書を捲りつつ、感嘆の声を上げた。

「おや。おやおやおや! なんとまあ! 彼女は、ジオ・ケーリュイオンに弟子入りしたのか! あのジークマリアの弟子にして唯一の肉親だった弟に! なんと因果な!」

「ジークマリア……確か数年前に亡くなった高名な冒険者ですよね。錬金術師でもあったとか。それの何がそんなに面白いのです?」

侍女が理解できないとばかりに首を傾げた。

「面白いよ。面白いとも。良いなあ、エリス。是非とも会ってみたいものだ。これほど、因果と運命に絡められた女は中々いない」

「ダメです。執務が山のようにありますから」

侍女が冷徹な眼差しでそう告げた。

「ええ~。何のために大陸中から僕がわざわざ、優秀な文官を集めたと思っているの?」

「帝国の更なる繁栄のためです」

「僕が楽するためだよ」

レザードがベッドから立ち上がると、酒精強化された特別製のワインをグラスに注ぎ、バルコニーへと出た。

夜風がレザードの黒髪を揺らす。

「エリスに、ジオか。ああ、なんて可哀想な二人なんだろう。きっと彼女達はいつか真実に気付く。甘くて苦い、過去の亡霊によってね。だから、僕はせめて――これを君達に捧げよう」

そう言って――レザードは風に乗せて、ワインを夜空へと振りまいたのだった。

＊＊＊

迷宮――深層のどこか。

暗闇に、女の声が響く。

「かはは……こっぴどくやられたみたいじゃねえか――メギストス。だから、言ったんだ。毒なんて生温いことやってねえで、さっさと冒険者街でも襲撃すりゃあいい、とな」

嘲るような女の声に――一人の男が嫌そうに答える。

「そんなことをすれば、あの黒い皇帝が本気で俺達の討伐に乗り出すぞ。お前のやり方は、直線的すぎるんだよ――ジークマリア」

男――蛇風事件の首謀者メギストスが右手を掲げて、魔法陣から骨だけの姿である火の精霊を召喚する。明かりに浮かび上がった影は四つ。

「はん、それで失敗してるんだから、世話ねえよ。しかし……万能薬とはねえ。誰が作ったんだ？どうやって作った……かはは、まさかそんな代物が出回るとはな！毒を使う作戦は当分取れねえな」

　大剣を手にした美女――ジークマリアが愉快そうに笑う。

「気になるか？」

「一応元錬金術師だしな。よし、次はあたしが出るぞ。文句言うやつは叩き斬るからよろしく」

　その答えを待たずに――ジークマリアの気配が消えた。

「良いのですか？　あれに勝手させて」

　そう呟いたのは黒髪の小柄な少年だった。その美しい顔はどこか中性的で、同性すらも惑わし魅了するほどだ。

「賢者様が何も言わぬなら、俺からは何も言えまい」

　メギストスがそう言って、最後の影へと視線を向けた。しかしそれは何も言葉を発さなかった。

　それでも、二人にはその意思が伝わった。

「かしこまりました。【扉】の為にも――我ら〝キーメイカー〟、命を賭してでも――冒険者の抹殺を行いますとも」

　その誓いと共に、メギストスが火の精霊を帰還させた。

　世界に、暗闇が戻る。

　そこにはもう――誰もいなかった。

あとがき

初めまして、著者の虎戸リアと申します。
まずは、数ある小説の中から本書を手に取っていただいたことに最大の感謝を。

本作【エリス、精霊に祝福された錬金術師　チート級アイテムでお店経営も冒険も順調です！】ですが、小説投稿サイトである〝小説家になろう〟様に投稿したところ、ありがたいことにこうして書籍として形にすることができました。

初めての女性主人公、初めての一人称視点での書籍化ということで、アレコレかなり苦戦しましたが、ＧＡ文庫編集部様のお力添えもあって、なんとか形にすることができました。慣れないジャンルということもあって、たくさんのアドバイスをしていただいた担当編集者様には頭が上がりません。更にフワフワしたイメージしかなかったキャラ達へ、見事に命を吹き込んでくださったイラストレーターのれんた様。その素晴らしいイラストの数々については、本作を読んでくださった読者の方々には言うまでもないでしょう。

これまでの著作は全て三人称ということもあり、今作は苦労したぶん、主人公であるエリスへの思い入れはかなり強くなりました。明るくて素直で、前向きで……そんな女の子をイメージして作ったので、書いていてこちらも元気が出てくるようなキャラクターになったかと思います。そしてその師匠であるジオ。彼に関しては私の好みが存分に盛られているので、いわゆる王子様系のヒーローでは決してないのですが、エリスと同じぐらいに気に入っているキャラです。この二人のやり取りなら延々と書けそうですね。

そんな二人の工房と冒険はまだまだ続きます！　くせ者っぽい皇帝や、何やら悪巧みしている謎の人物達も登場し、エリス工房はどうなるのか⁉　二人の運命はいかに⁉　というほどのシリアスはないにしても、まだまだ波乱はあったりするのでしょう。ですが、きっとあの二人なら何とか切り抜けられるでしょう。著者がそう言うんだから間違いない。皆様と共に、エリスとジオの行く末を見届けられればと願っております。

というわけで、この辺りで〝あとがきあるある〟な謝辞を。こうしてWEB発の作品を書籍という形で皆様にお届けできたことは本当に光栄に思っております。今作をWEB版から応援してくれた読者の皆様、書籍化しませんかと声を掛けていただき、書籍発売まで厚くサポートしていただいたGA文庫編集部の中島様、素晴らしいイラストを描いていただいた、れんた様など、様々な人のお力をお借りして、こうして素晴らしい書籍に仕上がりました。関わった全ての皆様に最大の感謝を述べたいと思います。
最後に、作品を作るにあたり執筆業に対する理解を持ち支えてくれた家族。様々な相談に乗っていただいた創作仲間達。特に、今回の作品を作るきっかけを与えてくれた作家仲間の黄舞先生に最上級の感謝と愛を。

それではまたお会いしましょう。

令和四年十月

虎戸リア

番外編 ご主人は毎日忙しい

カーテンの隙間（すきま）から、朝日が差し込む。

僕はそろそろ起こすべき時間だと判断して、少し寝相の悪い僕のご主人——エリスの枕元（まくらもと）へと飛んだ。

彼女の耳元で、起こすには十分だけど、煩（うるさ）すぎない程度の声で話し掛ける。

「きゅうきゅうきゅうきゅう！」

その声でエリスがモゾモゾと動き、そのせいでパジャマの裾（すそ）が捲（まく）り上がって、おへそが見えてしまう。

「うーん……クイナ……あと五分」

「きゅー！」

早く起きないと、間に合わないよ！と言ってから、僕は風を起こしてエリスのパジャマの裾を直す。

それから数分は彼女がムニャムニャ何かを言っていたけど、ようやくベッドから抜け出した。

「ふああ……おはようクイナ」

「きゅ！」

「へ？　寝癖がついてる？　うわほんとだ……あはは」

ベッドの向かいにある化粧台の鏡を見て、エリスが笑った。

綺麗な髪の毛があちこちに飛び跳ねているのが、よっぽど愉快なようだ。

それから彼女は部屋の窓を開け放つと、廊下に出て洗面所へと向かった。

僕はいつも通りその肩の上へと乗る。

ここが僕の特等席で、他の精霊達には絶対に譲るつもりはない。

特にサラマンがこの場所を狙っているような気がするので、決して油断できない。

「今日も忙しくなるよー、クイナ」

「きゅっ！」

「うん、ちゃんと朝ご飯食べるってば」

工房が繁盛するようになってから、エリスは毎日アレコレ忙しくしている。

最近はそのせいで、あのエリスが朝ごはんをうっかり食べ忘れるほどだ。

それは良くないと口酸っぱく言っているのだけど、残念ながら僕達の声は半分も彼女に伝わっていない。大まかなことは伝わっているけども、それがとてももどかしかった。

伝えるべき言葉も、伝えたい想いも沢山あるのに。

顔を洗って部屋に戻ってきたエリスが、化粧台に座ってゆっくりと髪をとかしはじめた。

僕はエリスの髪が好きだ。だって前のご主人を思い出すから。逆に言えば、エリスはそこぐらいしか母親に似ていなかった。顔もあの男似だ。

「よし！　今日もがんばるぞ！」

鏡に映る自分へと向けて、気合いを入れたエリスが立ち上がると、軽やかな足取りで階段を下りていく。リズムよく階段を足が叩く音が心地良い。

「よっと」

彼女が最後の三段を一気に飛び下りる。僕はさりげなく風を発生させて着地の衝撃を和らげた。

その後、エリスはまず一階にある窓を全部開けて、更に扉も半開きにする。

朝の心地良い風が工房内を通り抜けた。

新鮮な空気は、錬金術の結果を左右する重要な要素だとエリスの師匠が言っていた。

だから工房開店前と開店後は必ずこうして風を通すのだとか。

「水を汲まないと」

そう呟いてエリスが裏庭へと出て、井戸から水を汲んでくる。きっと、朝のお茶用の水だろう。

ついでに洗濯物を水の張った桶に入れた。あとでディーネに洗わす為だ。

「今日は何にしよっかなあ」

案の定、エリスがポットで水を沸かしながら、キッチンの棚の上に並べてある紅茶の葉の入った瓶を眺めて、どれにしようか悩んでいる。

あれは確か、初めて出たお給料で買い揃えたものだったと思う。

そういえばトート村にいた時は、お茶を沸かすのはサラマンの仕事だった。だけどもこの工房に住みはじめてから、魔導具のおかげでサラマンの出番はすっかり減ってしまった。

そのせいで最近拗ねているのだけど、仕方ない。

便利な道具が既存の技術や方法を淘汰するのはごく自然なことなのだから。幸い、風を起こす魔導具は錬金術では使わないらしいので、僕は安泰だ（とはいえ、油断はできないけども……）。

なんて考えている間にエリスがフライパンにバターを引いて、目玉焼きを二人分作りはじめた。

「おいで、サラマン」

エリスが器用に片手でフライパンを操りながら召喚陣を描き、サラマンを召喚する。

「ぴゅい！」

「トーストよろしくね！」

「ぴゅいぴゅい！」

サラマンがチラリとこちらを見て、なぜか誇らしげに、皿の上にあった二つのパンへと火を噴いた。やれやれ……まるで、〝俺はちゃんと仕事しているぜ〟みたいなことを、言わんばかりだ。

あの馬鹿トカゲは何にも分かっちゃいない。エリスの傍にいることが僕の仕事だと言うのに。

そもそも、エリスの前では可愛い子トカゲみたいなフリをしているけど、きっと本来の姿をエリスが見たなら腰を抜かすと思う。……まあそれは僕も一緒か。

「サラマンありがとうね！　さ、ご飯だ！」

エリスの朝食ができ上がった。サラマンの直火でこんがり焼かれたパンに、目玉焼きというシンプルな内容だ。

「きゅー」

「野菜をもっと食べろって？　分かってるってば。あとでメイズレタスの抽出するから、それを食べるって」

「きゅー」

ならまあいいか。エリスが顔をほころばせながら、パンを頬張る。

「はい、サラマンとクイナも」

僕達精霊は、こちらの世界では食事を必要としない。それでもエリスは時々僕達にご飯を分け与えてくれる。悔しいが、サラマンの焼き具合は完璧でパンは美味しかった。

でも、彼がどうだとばかりにこちらを見てくるので無視する。

それからエリスは朝食を食べ終わると、自分の食器を洗いはじめた。

「さてと……今日は精霊水と万能薬用の薬剤をまず作って……ああそうだ、ラギオさんとこがハイポーション欲しいって言っていたから、それも作らないと」

エリスが今日すべきことを口にしながら、手早く片付けを行う。これもまた彼女の師匠の教えで、使ったらすぐに綺麗にして仕舞う、常に場を清潔に保つべし、というやつらしい。

彼女は律義にそれを守っていた。

片付けが終わると、エリスは掃除を開始する。

「クイナ！」

「きゅう！」

そう、ここからは僕の出番だ。毎日清掃しているのでさほどの汚れはないけども、最近はお客さんが多いので、土埃や細かいゴミが床に残っている。ある程度は閉店後の掃除で取れるも、細かいのは朝の掃除で取り除くことにしていた。

僕は風を操り、ゴミを一カ所に集める。その間にエリスは水の精霊であるディーネを喚んで、彼女が出す泡でカウンターや扉、それに窓の拭き掃除をはじめた。

更に、ディーネに洗濯物を洗わせて、それを裏庭に張ってある洗濯紐に吊っていく。天気が悪い日は室内で僕とサラマンが協力して乾かすのだけど、今日は天気が良さそうだ。

ここまでがエリスの朝のルーティンだ。

そうしていると、赤髪の男――エリスの師匠であるジオが紙袋を抱えてやってくる。その顔には、柔らかい笑みが浮かんでいた。

最近、妙に爽やかになった気がするけど、もちろんエリスにはそんなことを伝えるつもりはない。ライバルに塩を送る必要はないのだから。

「おはようエリス」

「師匠、おはようございます！　朝ごはん、作ってあるので温かいうちに食べてくださいね」

「お、すまんな。じゃあ買ってきたやつは昼に回すか」

ジオがキッチンへと入っていく。ふわりと香る煙草の匂い。

そういえば、最近ジオから酒の匂いがあまりしない。最初会った時は酷く酒臭く、それからしばらくは毎日酒の匂いを纏わせていたが、ここ最近はそれがめっきり少なくなった。

「あ、こら、サラマン！　それ俺のパンだぞ」

「ぴゅいー」

なんて声がキッチンから聞こえてきて、エリスが小さく微笑(ほほえ)む。

きっとパンをジオとサラマンが取り合いしているのを想像したのだろう。

「師匠もすっかり精霊達と仲良くなったなあ」

なんて言ってくるので、僕はそれを否定する。

「きゅいきゅ！」

「え？　私の師匠だから仕方なくって？　ふふふ、ありがとね、クイナ」

エリスが僕の頭を撫(な)でてくれる。それだけで、心がふにゃふにゃになってしまう。

やっぱりエリスは凄(すご)い。

「お掃除終わりっと！」

掃除を終えたエリスが掃除道具を仕舞っていると、キッチンから声が掛かる。

「エリス、すまんが在庫のチェックしてくれるか？　昨日ポーションがかなり捌(さば)けたから、今日の分が足りないかもしれない」

「はーい」

エリスがカウンターの内側から紙の束(たば)を取り出し、大棚に置いてあるポーションの数を数えはじめた。

それから、在庫や帳簿の確認といった細々した作業をエリスとジオがこなしていく。

こうなると僕達精霊の出番はない。僕は彼女の肩の上で、欠伸(あくび)をする。

そうこうしているうちに、工房開店の時間になった。

エリスが扉に掛かっている札を、〝開店〟と書かれてある方へと裏返す。

「さ、今日もいっぱいお客さんが来るといいなあ」

「来るさ。あの事件以来、万能薬は売れに売れているからな」

ジオがそう言って、笑った。

「さて、俺は利益にあんまりならんポーションでも作るか」

ジオが冗談っぽくそう言って作業場へと入っていく。

「拗ねないでくださいよ。私もこっちでハイポーション作りしますから」

エリスが苦笑いをする。確かに僕が見る限り、今この工房が人気なのはエリスが作っている物のおかげだ。でも、一番数が出ているのはジオの作るポーションだし、良く効くと評判がいいそうだ。

僕ら精霊からすれば、怪我も毒も自力で治せない人間が不便で仕方ないように思えるけど、そのおかげで錬金術師という仕事ができて、彼女が楽しそうに毎日を過ごしている。

なので、まあ悪いことではないのかもしれない。

その後、エリスはカウンターの端にある簡易の作業台でハイポーション作りをはじめた。なんせ、毎日良く売れるので、常に作り続けないとすぐに在庫が切れてしまう。

そこからは一番忙しい時間で、僕はとにかく彼女の邪魔をしないように見守るしかない。

「いらっしゃいませ！」

「万能薬を三つに、ポーションを十個だ」

冒険者達がどんどん、やってくる。

「えへへ、やあエリスちゃん。ポーションを一個くださいな」

中には明らかにエリス目当ての輩がいるので、威嚇しておく。

「例の赤いやつ……ある？」

なんて聞いてくる奴は常連客だ。

その符号はハイポーションのことなのだが、流石に安易ではないかと思っている。

「ふふふ……お主も好きよのう……なんてね。もちろんありますとも。ただ、今日はお一人様二個までです」

エリスが悪そうな笑みを浮かべる。このご主人、ノリノリである。

そうやって接客しているうちに、どんどん在庫が減っていく。

「エリス、ポーションの追加分だ」

ジオが作業場から作り立てのポーションを大量に運んでくる。

「あ、今日、ガーランドさんのところに納める分ってあります？　結構な量ですけど」

「心配すんな、その分は取ってある」

「流石、師匠！」

なんて会話しながら、二人がテキパキと業務をこなしていき、昼休憩に入る。

「ふう、今日も午前中だけで沢山売れましたねえ」

「ありがたいことだ。さ、食べるか」

ジオが煙草を吸いながら、持ってきていた紙袋からトーストサンドを取り出す。

「うわあ、美味しそう！」

それは二枚のパンの間に様々な具を挟んだもので、片手でかつ手を汚さずに食べられるので、作業をしながら食べるのに最適だとか。

二人がトーストサンドを片手に、簡単な作業をはじめる。流石に錬金術はやらないようだ。

「師匠、そろそろメディナ草の在庫が切れそうじゃないですか」

「ああ。またウルに頼まないとな」

「採取しに行きます？」

エリスが目をキラキラさせてジオを見つめた。

「だめだ。エリスは当面の間、迷宮（メイズ）は禁止だ」

「えええええ！　なんで！　理不尽！」

「無茶（むちゃ）するからだよ……まあ、でも最近ずっと工房にこもりっぱなしだし、気分転換がてら採取に行くのも悪くないか」

「やった！」

「採取だけだぞ」

「分かってますって」

先日の事件のせいでジオはちょっと過保護気味になっている気がするけど、エリスの性格を知っている僕からすれば、まあ無駄なことではある。

無茶をするのが、彼女の良いところなのに。

でも正直言えば、僕も彼女に迷宮(メイズ)には行ってほしくない。あそこは……とても歪(いびつ)だ。決して人が踏み込んでいい場所じゃない。アイツらがいるから余計にだ。

でも、それを彼女に伝える手段を僕は持たない。それがとても、もどかしい。

「うっし、午後も頑張るか！」

「はい！」

昼休憩とは名ばかりで、二人はずっと作業をしていた。トーストサンドを食べ終えた二人が、分担して片付けを行う。今度はジオがカウンターに立って、エリスが作業場へとこもる。

表ではできない仕事——万能薬の薬剤作りがはじまる。

すると、作業をはじめたぐらいに、裏口の扉が開く。

「こんにちは～」

そう言って入ってきて、フードをおもむろに外したのは、獣人(セリアンスロープ)のシスター、イエラだ。

「イエラさん！」

エリスが嬉(うれ)しそうにイエラの胸へと飛び込む。

「聖水を持ってきましたよ」

「いつもありがとうございます！　あの……いつもの……いいですか？」

「……はい」

イエラが困ったような笑みを浮かべると、エリスが嬉しそうに彼女の尻尾(しっぽ)を撫はじめた。

「ふふふ……モフモフだあ……」

「そんなに、尻尾をなでるのが楽しいのですか？　そちらの鳥さんも十分モフモフではないですか」

されるがままの、イエラが僕を見つめた。

「クイナはクイナでモフモフなんだけども……こう、でっかいモフモフはやっぱりまた別なんです！　何なら獣モードになってほしいぐらいです！」

エリスが無茶を言うと、作業場に顔を出したジオが苦笑する。

「流石にここで変身されると困る」

「しませんよ。そもそも魔素が薄い地上では難しいんです」

それは本当に良かった。僕はホッと一安心する。あの大きな狼（おおかみ）には流石にモフモフ具合では敵（かな）わないのだから。やはりエリスがイエラもまたライバルの一人で、要注意人物だ。

その後しばらくエリスがイエラと談笑しているうちに、また店舗の方が忙しくなる。時々、裏口から運送ギルドの者がやってきて、今日配達分のポーションを持っていく。

店舗の方は相変わらず賑（にぎ）わっている様子だ。

「エリスちゃんは～？」

「奥で作業中だ。俺で我慢しろ」

「くそー、今日はハズレだ」

「ハズレとか言うやつには何も売らねえぞ」

そんな会話が聞こえてくる。うん、気持ちは分かるよ。だってエリスは世界一可愛いからね。ジオと比べたら、雲泥の差がある。

エリスはイエラが帰ったあとは、万能薬の薬剤作りに専念している。

毒の精霊であるニーヴという劇薬を扱うので、流石に客が近い表ではやれない仕事だからだ。

あっという間に時間が過ぎ、夕方になってジオが工房を閉店させた。

「ふあああああ、疲れた〜」

エリスがそう言いつつも、充足感に溢（あふ）れた笑顔を浮かべている。

「お疲れさん。掃除と帳簿は俺がやっとくから、先に上がっていいぞ」

「やった！　じゃあ、夜ご飯作っておきますね」

エリスが、今日の抽出で使った迷宮（メイズ）産野菜を使って料理をはじめた。

独り暮らしが長かったせいもあって、慣れた手付きだ。

昔は味なんて気にしていなかったのに、ここ最近はジオという相手がいるせいで、味にも凝りだした。それが少しだけ不服だけど仕方ない。料理上手になるにこしたことはないからね。

「お、美味そうな匂いがするな」

カウンターで事務作業をしていたジオがヒョイと顔を出した。

「まだできてないですよ！」

「へいへい」

エリスが嬉しそうに、鍋で赤ワインと共に野菜を煮込んでいく。そこへ、予（あらかじ）めフライパンで焼き目を付けた塊肉を入れる。ワインが勿体（もったい）ない気がするが、安物なので問題ないらしい。

「ふんふんふん～♪」

エリスが鼻歌交じりで、鍋を混ぜていく。少しだけ小皿に取って味見をすると、今日一番の笑顔を見せた。

「んー！　私って天才？」

「きゅー」

僕は頷きながら同意する。そういえばジオが言っていたけど、錬金術と料理は似ているそうだ。ならば、錬金術の才能があるエリスが料理上手になるのも当然だ。

「よし、今日も素晴らしい売上だ！」

ジオが小躍りしながら、キッチンへと入ってくる。

「私のおかげですね！」

エリスが笑いながら、完成した野菜と肉の赤ワイン煮込みを皿へと分けていく。更にパンとサラダを添えて、残った赤ワインをグラスに注ぎ、夕食のでき上がりだ。

「師匠の教え方が上手いから、だろ？」

「それはどうですかねえ？」

二人が席につき、食事をはじめる。それからは、二人は何でもないことを喋り、笑い合った。

エリスは、本当に良く笑うようになった。だから、その点だけはジオを褒めてもいい。

でも僕は知っている、それはジオも同じだってことを。

ワインを飲みながら、ジオが料理を褒め、エリスが嬉しそうに微笑んだ。

僕はこれがずっと続けばいいと思っている。

食事が終わり、ジオが片付けを行った。

「じゃ、俺は帰るよ。明日も忙しくなるぞ」

「はい！　師匠、おやすみなさい」

「ああ……おやすみ、エリス」

ジオが去ったあと、少しだけエリスが寂しそうな顔をするが、多分気のせいだ。

それから彼女は洗濯物を取り入れて、片付けるとバスタブに水を入れはじめた。

サラマンの力でお湯になったのを見て、ディーネの泡で全身を洗ったあとにゆっくりと湯船に浸かった。

「やっぱりお風呂はいいなあ……」

ちなみに、帝都でもこうしてバスタブにお湯を溜めて入るのは、貴族と一部の物好きぐらいだ。

水道はわりと普及しつつあるけども、やはりお風呂は贅沢品なのだ。

でも彼女には関係ない話だ。なんせディーネもいるし、サラマンもいる。お湯を作るのは簡単だった。

エリスがお風呂から上がると、僕の出番だ。

「クイナ、よろしくね～」

パジャマに着替えながらエリスが僕の頭を撫でるので、元気よく返事する。

「きゅう！」

僕はエリスの後ろに回ると、風を吹かせて、エリスがブラシでとかしている髪を風で乾かしていく。この時が、僕は一日で一番好きな時間かもしれない。

「ふああ……眠くなってきた」

シャコシャコと歯磨きをしながら、エリスが眠そうに目を擦る。

「きゅー」

「うん。錬金術の教本を少し読んでから寝るよ」

エリスは勉強熱心だ。あれだけ昼間働いたのに、寝る前に教本で勉強することを欠かさない。

一時間ほど、教本を読みながら、ノートを取っていたエリスが、何度か寝落ちしそうになるので、軽く頬をクチバシで突く。

「んん……ん！　危ない、今、寝てた！」

「きゅ……」

「そうだね……もう寝ようか。クイナ、今日も一日ありがとうね」

エリスがそう言って、もう一度僕を撫でた。

「じゃあ、おやすみ」

エリスがベッドへと潜ると、すぐに寝息がスヤスヤと聞こえてくる。

おやすみ、エリス。

おやすみ、僕のご主人。

願わくば——この日常が永遠に続きますように。

僕は居もしない神に、そう願いながら——いつまでも、いつまでもエリスの平和な寝顔を見つめ続けたのだった。

エリス、精霊に祝福された
錬金術師
チート級アイテムでお店経営も冒険も順調です！

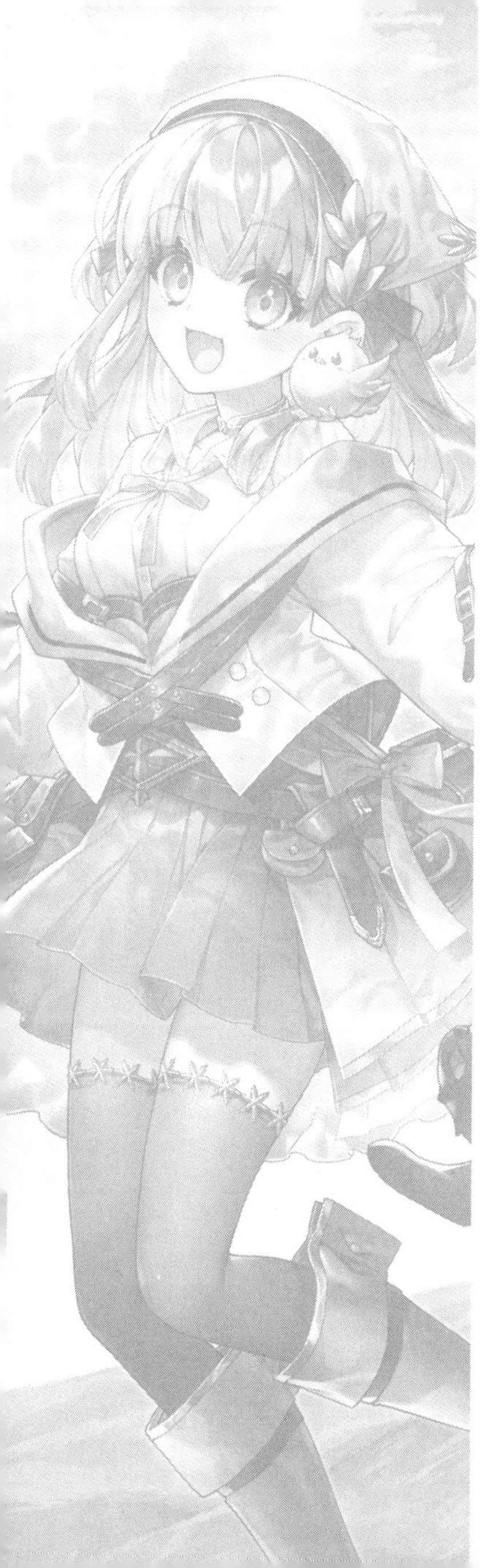

エリス、精霊に祝福された錬金術師
チート級アイテムでお店経営も冒険も順調です！

2023年1月31日　初版第一刷発行

著者　虎戸リア

発行人　小川 淳

発行所　SBクリエイティブ株式会社
〒106-0032　東京都港区六本木2-4-5
03-5549-1201　03-5549-1167（編集）

装丁　しおざわりな（ムシカゴグラフィクス）

印刷・製本　中央精版印刷株式会社

ISBN978-4-8156-1803-2
Printed in Japan

ファンレター、作品のご感想をお待ちしております。

〒106-0032　東京都港区六本木 2-4-5
SBクリエイティブ株式会社
GA文庫編集部 気付

「虎戸リア先生」係
「れんた先生」係

本書に関するご意見・ご感想は
下のQRコードよりお寄せください。
※アクセスの際に発生する通信費等はご負担ください。

https://ga.sbcr.jp/